Introduction

Voyages, grandes découvertes et explorations

Marco Polo et *Le Livre des Merveilles*

Marco Polo naît en 1254 à Venise, dans une riche famille de **marchands voyageurs**. Son père et son oncle empruntent souvent la **route de la soie**, à la rencontre des caravanes qui ramènent d'Orient les épices (poivre, cannelle, muscade) et la soie, très chères au Moyen Âge.
En 1271, le jeune Marco, âgé de seize ans, est du voyage. Les Polo mettent plus de trois ans pour traverser la Méditerranée, la Perse, le golfe Persique, le Cachemire, le désert de Gobi avant d'arriver dans le **territoire des Mongols**, chez l'empereur Kubilaï Khan, à Cambaluc (Pékin, voir carte p. 10). Kubilaï Khan demande à Marco Polo de rester à son service. Marco apprend le mongol et, durant dix-sept ans, il effectue de nombreuses missions à travers la **Chine**.
Revenu ensuite à Venise, Marco Polo est fait **prisonnier** en 1298 par les Génois, alors en guerre contre les Vénitiens. Dans sa prison, à Gênes, il dicte à l'écrivain Rustichello de Pise, son compagnon de cellule, le récit de ses voyages, ***Le Livre des Merveilles*** (rédigé en ancien français). À sa sortie de prison, Marco se marie et reprend ses activités commerciales, jusqu'à sa mort en 1324.
Le Livre des Merveilles est un **récit de voyage.** On appelle récit de voyage un récit écrit par un voyageur qui **témoigne** de ce qu'il a **vu** ou **entendu** au cours de ses déplacements et où se mêlent descriptions, anecdotes, explications, impressions personnelles. Le livre de Marco Polo, qui a connu dès le Moyen Âge un grand succès, est connu sous deux titres : ***Le Devisement du monde*** et ***Le Livre des Merveilles.*** « Devisement » (de *deviser* : parler de) renvoie au **récit** des choses vues et entendues, « Merveilles » témoigne de **l'émerveillement** de Marco Polo.

La Renaissance et les grandes découvertes

À partir du XVe siècle, les **Européens** cherchent à trouver une route maritime vers les **Indes**. Ils veulent se procurer les **produits précieux** de l'Orient sans passer par les marchands italiens ou musulmans. Ils espèrent aussi découvrir de l'**or**.

Le prince **Henri le Navigateur** (1394-1460), fils du roi Jean Ier du Portugal, fonde à Sagres, au Portugal, une école de navigation, s'entoure d'astronomes, de cartographes, de navigateurs. C'est là qu'est mise en chantier la **caravelle**, navire des découvreurs.

En 1487, le Portugais **Bartolomeu Dias** franchit le cap de Bonne-Espérance, ouvrant la perspective d'une route directe vers l'Orient. Et c'est le Portugais **Vasco de Gama** (1469-1524) qui trouve la route (1497-1498) : passant par le cap de Bonne-Espérance il aborde à Calicut en Inde (voir la carte, p. 10). Quand il rentre à Lisbonne avec une cargaison d'épices, il a parcouru 44 500 km sur les mers.

Le Génois **Christophe Colomb** (1450-1506), fasciné par les récits de Marco Polo, rêve lui aussi des immenses richesses d'Extrême-Orient. Partant de l'idée que la terre est ronde, il imagine pouvoir **atteindre les Indes** en traversant l'océan Atlantique par l'ouest, dans l'espoir que cette route serait plus rapide. Seuls les souverains d'Espagne, Ferdinand d'Aragon et Isabelle de Castille, croient en son projet et le financent. Le 3 août 1492, il quitte l'Espagne avec trois caravelles : la *Santa-Maria*, la *Niña* et la *Pinta*. Après trois mois de navigation incertaine, il aborde sur une île des **Bahamas** en croyant reconnaître Çipangu (le Japon), l'île aux épices décrite par Marco Polo. Persuadé d'avoir atteint les Indes il appelle **Indiens** les habitants du pays qu'il a découvert (voir les cartes, p. 48 et 66).

Sur ses traces, le navigateur italien **Amerigo Vespucci** (1454-1512) est le premier Européen à atteindre le continent américain. Le continent est appelé Nouveau Monde. En 1507, il est baptisé **America** (Amérique) en l'honneur d'Amerigo Vespucci.

En 1500, le portugais **Pedro Alvarez Cabral** découvre le Brésil. Pris dans une tempête, il touche un rivage inconnu, couvert d'arbres au bois rouge. Ce bois, appelé brésil (comme braise) était utilisé comme colorant dans les teintures textiles. Il a donné son nom au Brésil.

En 1519, le Portugais **Fernand de Magellan** (1480-1531) réalise le rêve

de Christophe Colomb : il trouve un passage permettant de passer de l'océan Atlantique à l'océan Pacifique, en contournant l'Amérique du Sud. Il meurt au cours du voyage, mais un de ses lieutenants, Juan Sebastián El Cano, achève le voyage et réalise le **premier tour du monde en bateau**, en mille cent jours.
En 1578, **Jean de Léry**, un protestant, s'en va fonder au Brésil un refuge pour les protestants persécutés par les guerres de religion qui sévissent en France. Il décrit sa vie au milieu des Indiens, parmi une flore et une faune fascinante.

Les conquistadors

Ces découvertes attisent la convoitise d'aventuriers conquérants en quête de fortune. Au début du XVIe siècle, les **Espagnols** se lancent à la **conquête du Nouveau Monde**, attirés par l'or. Les conquistadors (de l'espagnol *conquistadores* : conquérants) partent à la découverte de l'Amérique du Sud et de l'Amérique centrale.
En 1519, **Hernán Cortés** (1485-1547) atteint le **Mexique**, poussé à la fois par le désir de trouver de l'or et de convertir les indigènes à la religion catholique. Le Mexique est alors dominé par la brillante **civilisation aztèque**, qui fascine Cortés et ses hommes. Cortés détruit la capitale aztèque, Tenochtitlan, le 15 août 1521. Sur son emplacement, il bâtit une nouvelle ville, Mexico, capitale d'un territoire qu'il nomme Nouvelle Espagne. La brillante civilisation aztèque est anéantie.
Après la conquête du Mexique, les Espagnols rêvent d'atteindre l'**Eldorado**, royaume imaginaire où tout est en or. **Francisco Pizarro** (1475-1541) parvient en 1532 au **Pérou**, alors sous la domination des **Incas**. Ébloui par la vue de l'or, il fait exécuter l'empereur inca Atahualpa et anéantit Cuzco, la capitale. Les Espagnols poursuivent ensuite la conquête des pays voisins : Chili, Bolivie, Colombie…

Les scientifiques du XVIIIe siècle

Les Européens poursuivent l'exploration du monde, mais leurs motivations sont différentes : les explorateurs sont des **savants** ou des **philosophes** qui organisent des expéditions, poussés par le désir de **connaître** les richesses de la terre et de **découvrir** d'autres civilisations. En 1766, le marin philosophe français **Louis Antoine de Bougainville** effectue le tour du monde à bord de son navire *La Boudeuse* ; il raconte son exploration dans le *Voyage autour du monde* (1771). L'Anglais **James Cook** se rend à Tahiti en 1769 pour observer le passage de la planète Vénus devant le soleil. Une partie de son journal de bord, rédigé entre 1768 et 1780, est publiée sous le titre *Relations de voyages autour du monde.* Capitaine de la marine royale britannique (la Royal Navy) il fit trois voyages dans l'océan Pacifique et fut le premier Européen à débarquer sur la côte est de l'Australie, en Nouvelle-Calédonie (4 septembre 1774), aux îles Sandwich (archipel de Hawaii). Il fut également le premier à explorer les côtes de la Nouvelle-Zélande. L'Allemand **Alexander von Humboldt** décide, quant à lui, d'explorer l'Amazone. Entre 1799 et 1804, accompagné du botaniste français **Aimé Bonpland**, il traverse la Colombie, l'Équateur et le Pérou. Bonpland décrit plus de trois mille espèces de plantes. Tous deux rapporteront de leur expédition des roches et des animaux exotiques.

Chronologie

1271-1295 : voyage et séjour de Marco Polo en Chine.

1492 : Christophe Colomb découvre les Bahamas, puis Haïti (ou Hispaniola), Cuba.

1500 : Pedro Álvarez Cabral découvre le Brésil.

1520 : Magellan accède à l'océan Pacifique par le détroit dit de Magellan.

1519-1521 : Cortés conquiert le Mexique (chute de l'empire aztèque).

1531-1534 : Pizarro conquiert le Pérou (chute de l'empire inca).

1768-1775 : James Cook sillonne le Pacifique à la recherche du continent australien.

1766-1769 : Louis-Antoine de Bougainville mène une expédition scientifique autour du monde.

Première partie

Le voyage de Marco Polo à travers l'Asie

L'Asie des Marchands, *Karakorum*.
Détail d'une carte de l'Asie montrant la route empruntée par Marco Polo, réalisée par G.-B. Ramusio et F.-R. Grisellini (XVIe siècle).

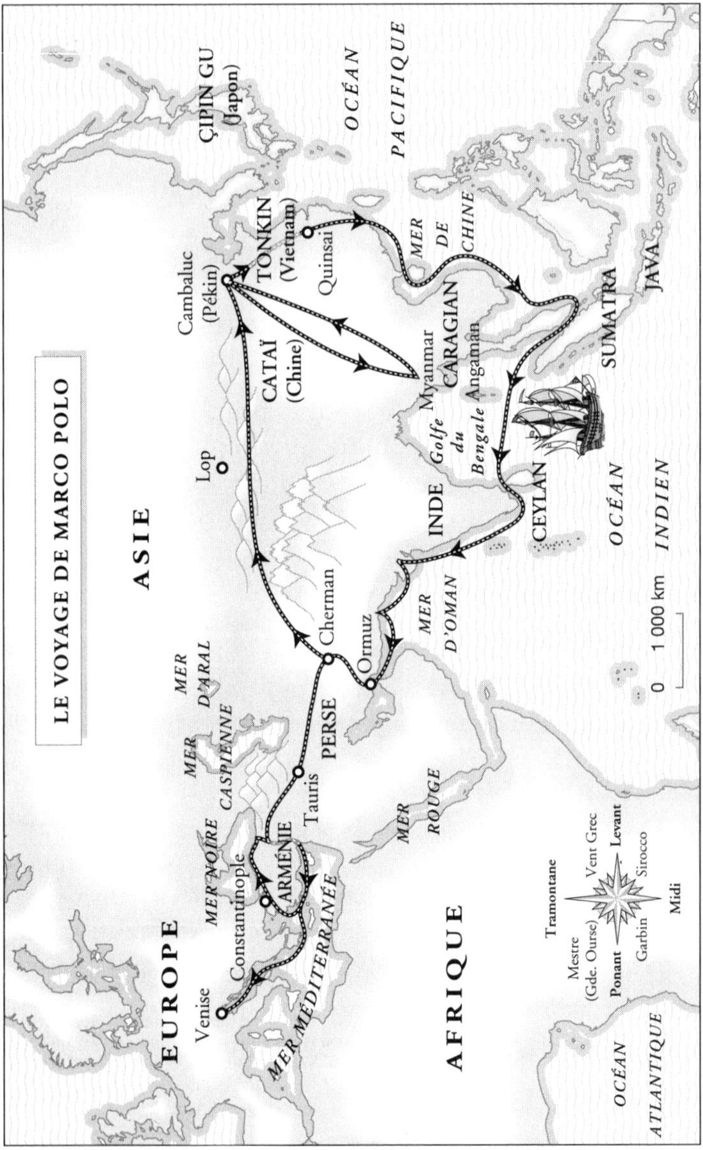
LE VOYAGE DE MARCO POLO
ASIE
EUROPE
AFRIQUE
Venise
Constantinople
MER NOIRE
ARMÉNIE
MER MÉDITERRANÉE
Tauris
MER CASPIENNE
MER D'ARAL
PERSE
Cherman
Ormuz
MER ROUGE
MER D'OMAN
Lop
CATAÏ
(Chine)
Cambaluc
(Pékin)
TONKIN
(Vietnam)
Quinsai
ÇIPIN GU
(Japon)
OCÉAN
PACIFIQUE
MER
DE
CHINE
Myanmar
CARAGIAN
Angaman
Golfe
du
Bengale
INDE
CEYLAN
SUMATRA
JAVA
OCÉAN
INDIEN
0 1 000 km
OCÉAN
ATLANTIQUE
Tramontane
Vent Grec
Levant
Sirocco
Midi
Garbin
Ponant
Mestre
(Gde. Ourse)

Extrait 1

Le début du *Livre des Merveilles*

« Toutes choses y sont véritables... »

Voici les premières lignes du Livre des merveilles *de Marco Polo.*

Seigneurs, Empereurs et Rois, Ducs et Marquis, Comtes, Chevaliers et Bourgeois, et vous tous qui voulez connaître les différentes races d'hommes et la variété des diverses régions du monde, et être informés de leurs us[1] et coutumes, prenez donc ce livre et faites-le lire ; car vous y trouverez toutes les grandissimes merveilles et diversités de la Grande et de la Petite Arménie, de la Perse[2], de la Turquie, des Tartares[3] et de l'Inde, et de maintes[4] autres provinces de l'Asie Moyenne et d'une partie de l'Europe quand on marche à la rencontre du Vent-Grec[5], du Levant[6] et de la Tramontane[7] ; c'est ainsi que notre livre vous les contera en clair et bon ordre, tout comme Messire Marco Polo, sage et noble citoyen de Venise, les décrit parce qu'il les a vues de ses propres yeux.

Sans doute il y a ici certaines choses qu'il ne vit pas, mais il les tient d'hommes dignes d'être crus et cités. C'est pourquoi nous présenterons les choses vues pour vues et les choses entendues pour entendues, en sorte que notre livre soit sincère et véritable sans nul mensonge, et que ses propos ne puissent être taxés de fables.

1. Habitudes, usages traditionnels.
2. Iran.
3. Chine.
4. Nombreuses.
5. Vent venant du nord-est.
6. Ici, vent qui vient de l'est.
7. Vent froid venant du nord.

Et quiconque en fera ou en entendra la lecture y devra croire, parce que toutes choses y sont véritables. [...]

Demeurant dans le donjon de Gênes par suite de la guerre, et n'aimant pas rester oisif[8], il pensa qu'il pourrait composer ledit livre pour le plaisir des lecteurs. Il n'avait consigné lui-même que bien peu des choses dont il a souvenir encore aujourd'hui [...]. À présent, il a fait écrire toutes ces choses en bon ordre à Messire Rustichello, citoyen de Pise, qui était avec lui dans le même donjon de Gênes, en l'an 1298 depuis la naissance de notre Seigneur et Maître Jésus-Christ.

Extrait du chapitre I,
« Ici commence l'introduction du livre qui est appelé “ La description du monde ” ».

***Le premier départ des frères Polo* :**
Marco Polo part jusqu'en Chine avec son père et son oncle en 1298. Gravure extraite du *Livre des Merveilles du Monde*.

8. Inactif.

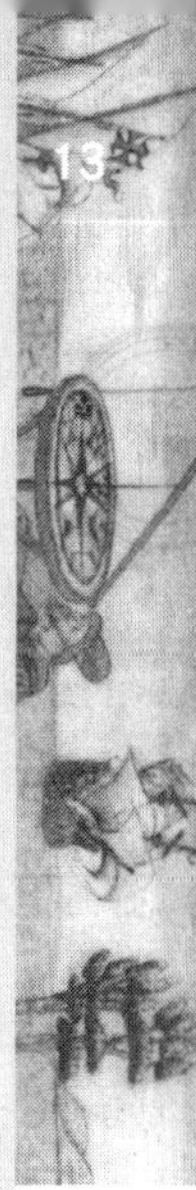

Repérer et analyser

La situation d'énonciation

Définir la situation d'énonciation, c'est se demander qui parle, à qui, dans quel lieu, à quelle époque ou à quel moment, dans quelles circonstances.

1 **a.** Dans quel lieu, en quelles circonstances et à quelle époque *Le Livre des Merveilles* a-t-il été écrit ?
b. Qui l'a rédigé en français ? Qui l'a dicté ? en quelle langue selon vous ?
c. Qui les pronoms « nous » et « il » (l. 16 et 14) désignent-ils ?
2 À qui l'ouvrage est-il destiné ? Citez le texte. Montrez que l'auteur s'adresse directement au lecteur. Quel est l'effet produit ?

Le projet d'écriture

3 **a.** Quel est le contenu annoncé de l'ouvrage ? Dans quelle partie du monde Marco Polo a-t-il effectué ses voyages ?
b. A-t-il pris des notes au cours de son voyage ?
4 Montrez, en citant des expressions du texte, que l'auteur se présente comme un témoin oculaire (qui a vu) et auriculaire (qui a entendu), et qu'il s'engage à dire la vérité à ses lecteurs. Pour quelle raison insiste-t-il tant sur sa sincérité ?
5 Comment l'adjectif « grandissime » (l. 6) est-il formé ? Que signifie-t-il ? Quel effet Marco Polo cherche-t-il à produire sur son lecteur par l'expression « grandissimes merveilles » ?
6 Dans quel but Marco Polo a-t-il écrit *Le Livre des Merveilles* ?

Étudier la langue

7 À l'aide du suffixe *-issime*, formez des adjectifs qui signifient « très riche », « très grave », « très rare », « très simple ».
8 Quel est le sens du mot « fable » (l. 19) ? Quels est l'autre sens de ce mot ?
9 Le *Livre des Merveilles* s'appelle aussi « Le Devisement du Monde ». Que signifie le verbe « deviser » ?

Extraits 2 à 5

Le voyage vers la Chine

Lors de son voyage vers la Chine, Marco Polo, accompagné de son père et de son oncle, traverse l'Asie en passant par la route de la Soie.

« Tauris »

Tauris correspond à l'actuelle Tabriz, capitale de l'Azerbaïdjan oriental en Iran.

Tauris est grande et noble cité entre l'Arménie et la Perse [...], c'est d'elle que je vous conterai à présent.

Il est vrai que les hommes de Tauris sont soumis aux Tartares et vivent de commerce et métiers, dont la plupart concernent le vêtement : on fabrique maints[9] draps d'or et de soie, très jolis et de très grande valeur. La cité est si heureusement située qu'aisément y viennent les autres marchandises de Baudac[10], d'Inde, de Mossoul, de Curmos et de maints autres lieux : et viennent souvent nombre de marchands latins, et surtout des Génois, pour acheter ces denrées qui viennent des pays étrangers. Il s'y achète aussi des pierres précieuses et des perles de grande abondance. C'est donc cité de grand commerce, et les marchands y font de grands profits.

Extrait du chapitre XXVI,
« Ci devise de la noble cité de Tauris ».

9. Beaucoup de.

10. Bagdad.

« Cherman »

Marco Polo décrit en plus de l'itinéraire qu'il a suivi, des cités qu'il a traversées lors de son itinéraire de retour, par exemple le royaume de Cherman et la cité de Camadi en Perse.

Cherman est un royaume en Perse même vers le Levant, et la ville a le même nom. [...] Dans ce royaume sont produites les pierres précieuses appelées turquoises, et il y en a grande abondance, car elles sont trouvées dans les montagnes et sont extraites de la roche. On trouve aussi des veines[11] d'acier et d'andanique[12]. Ils s'occupent à fabriquer tous les harnois[13] de chevaliers : freins, selles, éperons, épées, arcs et carquois[14] et tout l'armement selon leur usage. Les dames des hommes de ce pays ne travaillent point, mais ordonnent à leurs servantes et damoiselles, qui travaillent très noblement de l'aiguille, à broder bêtes, oiseaux, arbres et fleurs, et bien d'autres images sur des draps de soie et d'or. Elles ouvragent les courtines[15] de lit des barons et grands hommes si bellement et richement que c'est une grande merveille à voir. Elles ouvragent aussi très exquisément couvre-pieds, coussins, oreillers et toutes autres choses, et leurs ouvrages sont colportés par tout le pays. Dans les montagnes de ces pays naissent les meilleurs faucons, les plus braves et mieux volants du monde. Ils sont plutôt plus petits que nos faucons pèlerins, et rouges du jabot et sous la queue entre les cuisses. Et vous dis qu'ils sont si démesurément rapides qu'il n'est oiseau qui puisse leur échapper par vol.

Extrait du chapitre XXXVI,
« Ci devise du royaume de Cherman ».

11. Minces filons.
12. Fer célèbre pour sa qualité et utilisé en armurerie.
13. Équipements.
14. Étuis à flèches.
15. Rideaux.

« Une grande cité appelée Camadi »

Marco Polo vient de décrire une montagne, près du détroit d'Ormuz (situé au sud de la Perse, c'est-à-dire de l'Iran actuel). Il décrit la cité de Camadi.

Et quand on a descendu pendant deux journées de cette montagne, comme je vous ai dit, on trouve une grandissime plaine qui continue vers le midi[16] pendant cinq journées ; au commencement de cette plaine est une grande cité appelée Camadi, qui jadis fut beaucoup plus grande cité et noble à merveille, mais à présent elle n'est plus grande ni si belle, car les Tartares d'autres pays l'ont dommagée plusieurs fois. Et je vous dis que cette plaine est très chaude. Elle produit froment, orge et autres grains.

La province de quoi nous commençons à parler est appelée Reobar[17]. Les fruits de celle-ci sont dattes, grenades, citrons, pommes du Paradis[18] et pistaches, et bien d'autres fruits qui ne viennent point en nos pays froids. Une infinité de tourterelles y vivent, à raison de tous ces fruits qu'elles trouvent à manger, et leur nombre ne saurait-on dire. Jamais les Sarrazins[19] n'en mangent aucune, pour ce[20] qu'ils ne les aiment pas. On trouve aussi des faisans et bien d'autres oiseaux. Et en cette plaine se trouve une espèce d'oiseaux nommés francolins[21], qui sont très différents des francolins des autres pays, car ils sont de noir et blanc mêlés, et ont les pattes et le bec rouges. Les bêtes de ce pays sont aussi différentes de celles des autres. Je vous parlerai des bœufs en premier. Ces bœufs sont grandissimes et tous blancs comme neige. Ils ont le poil court

16. Sud.
17. « Rudbar », en persan, indique une région arrosée par un cours d'eau.
18. Il s'agit sans doute de pommes ou d'oranges.
19. Peuples musulmans.
20. Parce que.
21. Sortes de perdrix.

et lisse, et cela advient à cause de la chaleur du lieu ; ils ont les cornes courtes et grosses, mais non aiguës, entre les épaules une bosse ronde, haute de deux palmes[22], qui ressemble à celle des chameaux. Ils sont la plus belle chose du monde à voir. Quand on les veut charger, ils se couchent tout comme font les chameaux, et quand on les a chargés, ils se lèvent et portent très bien leurs charges, qui sont très lourdes, car ils sont forts outre mesure. Il y a aussi des moutons grands comme des ânes, qui ont la queue si grosse et large qu'à mon jugement elle pèse bien trente livres et davantage. Ils sont blancs, moult beaux et gras, et bons à manger.

Extrait du chapitre XXXVII,
« Ci devise de la cité de Camadi ».

***Commerce de grains et d'étoffes*, enluminure extraite du *Livre des Merveilles*. Recueil de récits de voyages faits par Marco Polo (XVe siècle), par le Maître de Boucicaut et le Maître de Bedford, Paris, BNF.**

22. Mesure correspondant à la largeur de la paume de la main.

« Le très grand désert qui est appelé désert de Lop »

Marco Polo arrive à Lop, une cité qui se trouve à l'entrée du désert de Gobi.

Lop est une grande cité au début du désert, et c'est par elle qu'on entre dans le très grand désert qui est appelé désert de Lop, et il est entre Levant et Grec[23]. Cette cité est au Grand Can[24] ; les gens adorent Mahomet. Elle offre toutes les choses nécessaires aux voyageurs qui doivent traverser le désert. Et vous dis que ceux qui veulent traverser le grand désert doivent se reposer au moins une semaine pour se rafraîchir, eux et leurs bêtes. Au bout de cette semaine, ils doivent prendre des vivres pour un mois, pour eux et pour leurs bêtes, car il leur faudra tout ce temps pour traverser le grand désert. Ils chargent donc des ânes et des chameaux solides avec des marchandises et victuailles, partent de cette ville et entrent en le désert. Si leurs provisions s'épuisent avant qu'ils l'aient passé, alors ils débarrassent les ânes ou les chameaux de leur charge, les tuent et les mangent, ou bien les laissent aller en le désert, parce qu'ils ne peuvent plus les nourrir jusqu'à la fin. Ils préfèrent cependant conserver les chameaux et, pour la plupart, prennent des chameaux, car ils mangent peu et portent lourdes charges.

Et vous dis que ce désert est si long, selon ce qu'on dit, pas qu'en un an l'on irait jusqu'au bout[25] ; en travers, là où il est moins large, on peine dur un mois. Donc, dans sa longueur, il ne peut être franchi, car on ne saurait emporter assez de nourriture. Dans sa largeur, comme on l'a dit, on marche un mois sans jamais trouver un toit. Il est tout en montagnes et en plaines de sable, et vallées, et il ne s'y trouve rien à manger.

Extrait du chapitre LVIII,
« Ci devise de la cité de Lop ».

23. Levant : est ; Vent Grec : nord-est.
24. Empereur de Mongolie (Chine).
25. Qu'en un an on n'irait pas jusqu'au bout.

Repérer et analyser

L'énonciation

1 Qui les pronoms « je » et « nous » désignent-ils ? Marco Polo utilise aussi le pronom indéfini « on » : à qui renvoie-t-il ?

2 L'effet d'oralité

> Marco Polo s'adresse souvent au lecteur, ce qui donne l'impression d'un récit oral et spontané.

Relevez des expressions par lesquelles Marco Polo s'adresse au lecteur. Quel pronom utilise-t-il ?

La mesure de l'espace et du temps

3 **a.** Retrouvez les termes utilisés pour désigner les points cardinaux ou les directions.
b. Comment Marco Polo mesure-t-il la superficie de la plaine de Camadi et du désert de Lop ?

Le commerce et les marchands

4 **a.** Montrez que Tauris est un carrefour commercial très actif. Appuyez-vous sur le relevé du champ lexical du commerce.
b. Quelles sont les marchandises échangées ? D'où viennent-elles ? Qui les achète ? Chrétiens et musulmans se côtoient-ils dans cette ville ?

5 Quelles pierres précieuses les Polo ont-ils trouvé à Cherman ? Quelle est leur couleur ?

6 Quelles sont les spécialités artisanales de Cherman ? Relevez les énumérations.

7 Quels sont les animaux que l'on trouve à Cherman ?

8 L'expression de l'émerveillement

> Marco Polo exprime son émerveillement en utilisant des termes mélioratifs ou en utilisant la forme superlative (« très », « le plus »).

Relevez les expressions par lesquelles Marco Polo témoigne de son émerveillement devant ce qu'il découvre.

La description de l'inconnu

La cité de Camadi

9 Quelles informations Marco Polo fournit-il sur l'histoire de la cité, sur le climat ? Appuyez-vous sur un relevé précis.

10 **a.** Quelles cultures sont faites dans la plaine ?

b. Dressez la liste des fruits et animaux que l'on trouve à Reobar. Relevez les mots et expressions exprimant l'abondance.

11 La caractérisation et les références au monde connu

Les récits de voyage comportent de nombreuses comparaisons qui permettent d'établir des correspondances avec le monde connu (*comme, semblable à*) ou de dégager des différences (*plus… que, moins… que*).

a. Relevez les noms et adjectifs qui caractérisent les animaux.

b. Relevez les expressions qui marquent les différences entre les animaux que découvre Marco Polo et ceux que l'on découvre en Occident. Quels sont ceux qui servent de référence aux comparaisons ?

Le désert

12 Quelles sont les caractéristiques du désert de Lop (l. 70 à 72 et dernier paragraphe) ?

13 **a.** Quelles précautions les voyageurs doivent-ils prendre pour traverser le désert ? Combien de temps leur faudra-t-il pour le traverser ? Avec quels animaux voyagent-ils ?

b. Quelles sont les deux solutions qui s'offrent à eux si leurs provisions s'épuisent ? Laquelle choisissent-ils la plupart du temps ?

14 **a.** Relevez les propositions introduites par « car » ou « parce que ». Quelles explications Marco Polo fournit-il ?

b. Montrez qu'il reformule ses propos dans le dernier paragraphe.

Enquêter

15 **a.** Faites une recherche sur la route de la Soie.

b. Citez dix noms de pierres précieuses. Précisez leur couleur.

Extrait 6

L'arrivée en Chine

« Les Tartares »

Arrivé en Chine, Marco Polo parle des Tartares (ou Mongols), peuple qui, sous la direction de Gengis Khan (le grand-père de Kubilaï), a envahi et conquis la Chine.

Et puisque nous avons commencé à parler des Tartares, vous en dirai maintes[26] choses. Les Tartares communément nourrissent des troupeaux de vaches, cavales[27] et brebis, à raison de quoi jamais ne demeurent en même lieu, mais se retirent l'hiver ès[28] plaines et lieux chauds où ils trouvent riches herbages et bons pâturages pour leurs bêtes ; et en été s'en vont vivre ès froids lieux, en montagnes et vallées, là où ils trouvent eau, bois et bons pâturages pour leurs bêtes ; et parce que le lieu est froid, il n'y a ni mouches, ni moucherons, ni semblables créatures, qui les harcèleraient, eux et leurs bêtes, et ils vont ainsi deux ou trois mois, montant toujours plus haut et paissant, car en restant toujours sur place, ils n'auraient jamais assez d'herbes pour la multitude de leurs bêtes. Ils ont petites maisons en forme de tente, en longues perches couvertes de feutre[29], et elles sont rondes ; et toujours ils les emportent avec eux là où ils vont, sur des chariots à quatre roues. Ces longues perches, ils les rassemblent si bien en ordre qu'ils les font tenir ensemble comme un fagot, et les transportent très aisément où leur plaît. Et toutes les fois qu'ils tendent et dressent leur maison, ils placent toujours la porte vers le Midi[30].

26. Beaucoup de.
27. Juments.
28. Dans les.
29. Étoffe non tissée obtenue en agglutinant du poil ou de la laine.
30. Sud.

Ils ont superbes charrettes avec seulement deux roues, couvertes de feutre noir si bon et si bien préparé que, plût-il tout le jour sur la charrette, l'eau ne mouillerait nulle chose qui fût en la charrette. Ils les font tirer par des bœufs ou par des chameaux. Et dessus ces charrettes, ils portent leurs femmes, leurs enfants, et toutes choses et viandes[31] dont ils ont besoin. Ainsi vont où ils veulent, emmenant ce qu'il leur faut.

Et vous dis encore que les dames tartares achètent, vendent et font tout ce dont a besoin leur baron[32] et sa famille. Point ne sont par leur dépense à charge à leurs maris, car elles ont gros profits de leur ouvrage. Elles sont aussi très prévoyantes en régentant leur famille et très soigneuses en préparant le manger, et font tous leurs autres devoirs de la maison avec grande diligence[33]. Aussi les maris leur laissent tout le soin de leur maison. Car les hommes ne se soucient de rien fors de[34] chasse, de faits de guerre, de fauconnerie et d'autours[35], tout comme nos seigneurs, et y prennent grand plaisir. Ils ont les meilleurs faucons du monde, et de même les chiens. Ils vivent de chair[36], de lait et de venaison[37], et mangent aussi certains petits animaux semblables à des lapins, qui chez nous sont nommés rats du Pharaon[38], et qui sont en grande abondance partout en des pertuis[39] sous terre. Ils mangent même la chair des chevaux, des chiens, des cavales et des chameaux, et boivent le lait des chamelles et des juments, et en général mangent de toute chair.

Extrait du chapitre LXX,
« Ci devise des Cans qui régnèrent après la mort de Cinghis Can ».

31. Vivres.
32. Époux.
33. Empressement.
34. Sauf de.
35. Nom d'une espèce d'oiseaux de proie.
36. Viande.
37. Viande de gibier.
38. Ce nom désignait la mangouste, mais ici il s'agit probablement de la marmotte.
39. Trous.

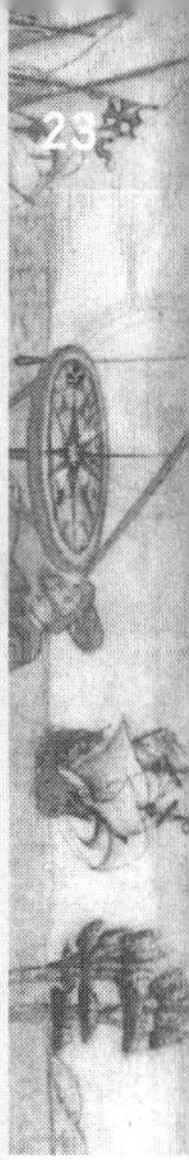

Repérer et analyser

L'énonciation

1 Qui le pronom « nous » désigne-t-il dans les expressions « nous avons commencé » (l. 1) et « chez nous » (l. 40) ?

La découverte d'autres coutumes

L'ethnologie est la science qui étudie les différents peuples, leur mode de vie et leur culture. L'auteur d'un récit de voyage, tel un ethnologue, s'attache à décrire et à analyser les différentes sociétés humaines.

2 Quelles informations Marco Polo fournit-il sur les activités des Tartares, leurs déplacements, leur habitat et leur alimentation, le rôle des femmes et des hommes dans la vie quotidienne ?

3 Qu'est-ce que le nomadisme ? Pourquoi les Tartares mènent-ils une vie de nomades ? Montrez que les Tartares ont adapté leur mode de vie au nomadisme : habitation, nourriture.

4 Relevez deux comparaisons effectuées par le narrateur. Quel est l'intérêt de ces comparaisons pour le lecteur ?

Le regard du narrateur

5 **a.** Relevez les expressions mélioratives qui traduisent un regard émerveillé.

b. « Ils mangent même la chair des chevaux, des chiens… » (l. 42-43) : quel mot marque l'étonnement du narrateur ?

Extraits 7 et 8

L'arrivée au palais du grand Can

Portrait de Kubilaï Khan, Chine, dynastie Yuan (XIVe siècle), encre et couleurs sur soie, Taipei, National Palace Museum.

Marco Polo, accompagné de son père Nicolo et de son oncle Maffeo, arrive à Cambaluc (actuelle Pékin) où il est reçu par l'empereur Koubilaï Khan.

« Le grand seigneur des seigneurs qui est appelé Cublai Kaan »

Koubilaï Khan (1215-1294) est le petit-fils de Gengis Khan, fondateur de l'Empire mongol.

Le grand seigneur des seigneurs qui est appelé Cublai Kaan est tel : il est de belle taille, ni petit, ni grand, mais de taille moyenne. Sa charnure est bien répartie, ni trop grasse, ni trop maigre ; il est très bien constitué de tous ses membres. Il a son visage blanc et vermeil[40] comme rose, ce qui lui donne un aspect très plaisant ; les yeux noirs et beaux, le nez bien fait et bien séant.

Extrait du chapitre LXXXIII.

40. Rouge.

« Ce palais est si grand, si beau, si riche... »

À Cambaluc, Marco Polo découvre la cité impériale, un ensemble d'une vingtaine de bâtiments entourés de plusieurs murailles. Au milieu de cet ensemble se dresse un des trois palais de l'empereur Koubilaï.

Sachez très véritablement que dans la maîtresse ville du Catai, qui est appelée Cambaluc, le Grand Can demeure trois mois de l'année, décembre, janvier et février. En cette ville il a, près de la partie nouvelle, du côté du Midi, son grand palais et vais vous le décrire. [...]

Les murs des salles des chambres sont tout couverts, à l'intérieur, d'argent et d'or et sont représentés en ciselure très fine des lions et des dragons, des bêtes et des oiseaux, de jolies histoires de dames et de chevaliers et bien d'autres sortes de belles choses et d'histoires de guerre. Le toit, lui aussi, est fait de telle sorte qu'on n'y voit rien qu'argent et or et que peintures. Sur chaque face du palais est un grand escalier de marbre, qui va du sol au haut de ce mur de marbre qui entoure le palais, et c'est par ces marches qu'on y monte.

La grand'salle est si large et si vaste que plus de six mille hommes y pourraient bien en même temps manger ; il y a quatre cents chambres, et c'est un tel nombre qu'on s'émerveille de voir. Ce palais est si grand, si beau, si riche et si bien disposé qu'il ne doit point y avoir au monde un homme capable de mieux imaginer ou faire. Les toits, en haut, vus du dehors, sont tout vermeil, vert, azur, bleu paon et jaune, enfin, de toutes les couleurs, et si bien vernissés qu'ils resplendissent comme cristal et qu'on les voit luire de bien loin à la ronde. Et sachez que ce toit est si fort et si solidement assemblé qu'il durera maintes années. [...]

À un angle du palais, vers la Grande-Ourse[41], est un lac très grand et profond, où sont maintes sortes de poissons que le Grand Sire y a fait mettre, et toutes les fois qu'il en veut, il en a à sa volonté. Et vous dis encore qu'une rivière non très grande y coule et l'emplit, et forme une sorte de vivier ; là vont boire les bêtes, et puis après s'encourt du lac[42], mais tout est si bien disposé que nul poisson ne s'échappe, tout étant fermé de filets de fer, tant à l'entrée qu'à la sortie de la rivière. Il y a aussi des cygnes et autres oiseaux aquatiques.

Et vous dirai encore que vers la Tramontane, à portée d'arbalète du palais, le Grand Can possède une colline faite de main d'homme à l'intérieur des murs. Laquelle a bien cent pas de haut et plus d'un mille[43] de tour. Elle est toute couverte des plus beaux arbres qui en nul temps ne perdent leurs feuilles, mais qui sont toujours verts, et couverte aussi d'herbe verte. Et je vous dis que le Grand Sire[44] partout où on lui dit qu'il y a un très bel arbre, il le fait prendre avec toutes ses racines et beaucoup de terre autour, et le fait porter par des éléphants pour être planté sur cette colline. Et l'arbre peut bien être aussi grand qu'il lui plaît, le Grand Can y parvient quand même. C'est ainsi que sont là les plus beaux arbres du monde, et toujours verts. Et vous dis, le Grand Sire a fait couvrir toute cette colline de pierre d'azur, qui est très verte, de telle sorte que les arbres sont tout verts, la colline toute verte et qu'on ne voit rien que choses vertes, et pour cela est nommée le Mont-Vert, et mérite fort bien ce nom.

Extrait du chapitre LXXXV,
« Ci devise du palais du grand Can ».

41. Constellation située près du pôle Arctique (indique la direction du nord).
42. Se jette dans le lac.
43. Ancienne mesure correspondant à mille pas et valant 1 481,5 m.
44. Le Grand Can.

Repérer et analyser

L'énonciation et le portrait du Grand Can

1 À quelle personne le narrateur s'exprime-t-il ? Relevez les expressions par lesquelles il s'adresse aux lecteurs. Montrez qu'elles sont répétitives. Quel est l'effet produit ?

2 Quels sont les différents éléments du corps et du visage décrits ? Relevez les adjectifs qui caractérisent chacun d'eux. Quelle image Marco Polo donne-t-il du Grand Can ?

La description du palais

3 **a.** Quels sont les métaux précieux et la pierre utilisés ?
b. Caractérisez la décoration des salles. Montrez que la nature est présente dans la décoration.

4 Relisez les lignes 22 à 32.
a. Relevez les adjectifs et la comparaison qui donnent une image méliorative du palais.
b. L'expression de l'intensité et de l'exagération

> Pour exprimer un degré d'intensité fort, on utilise des adverbes ou adjectifs d'intensité suivis d'une proposition subordonnée conjonctive de conséquence.
> L'hyperbole est une figure de style qui consiste à exprimer une forte exagération .

Relevez les expressions qui marquent l'intensité à propos de la superficie du palais et de son agencement.

5 Quels sont les différents paysages qui entourent le palais ? Quelle est la faune présente ?

6 Quelle est la particularité de la colline « le Mont-Vert » (l. 57) ? Relevez l'adjectif répété dans cette description ? Quel est l'effet produit ?

7 Montrez que le Grand Can exerce sa domination sur la nature.

Les directions, les unités de mesure et les merveilles

8 Relevez les termes qui expriment les directions (l. 8 à 12 ; 33 à 44) et ceux utilisés comme unités de mesure (l. 42 à 45).

9 Quel effet Marco Polo cherche-t-il à produire par cette description ? Vous semble-t-elle réaliste ou faire appel à l'imaginaire ?

Extraits 9 à 13

Les animaux, les plantes, les pierres précieuses

« Une petite bête de la grandeur d'une gazelle »

Marco Polo devient l'homme de confiance du Grand Can. Celui-ci lui confie plusieurs missions. Marco Polo découvre les curiosités de la Chine…

Il y a foules de bœufs et de vaches sauvages qui sont gros comme éléphants, très beaux et bons à voir, car sont tout poilus fors[45] le dos, et sont blancs et noirs ; leur poil n'a pas loin de trois palmes[46] de long. On dit que ce poil est extraordinaire ; c'est de très belle laine blanche plus fine que soie. Moi-même, Marco Polo, j'en ai rapporté à Venise comme une chose merveilleuse, et elle a été jugée telle par tous. […] Très véritablement existe en ce pays une petite bête de la grandeur d'une gazelle, mais son aspect est tel[47] : le poil comme cerf, mais bien plus épais ; le pied comme gazelle ; point de cornes, mais la queue comme gazelle ; quatre dents, deux en bas et deux en haut, longues de trois doigts et minces et blanches comme ivoire, dont deux pointent vers le haut et deux vers le bas. C'est une bête très jolie à voir, qu'on appelle *gudderi* en langue tartare.

Extrait du chapitre LXXIII,
« Ci devise du grand royaume d'Ergiuul ».

45. Sauf sur.
46. Mesure correspondant à la largeur de la paume de la main.
47. Tel que je vais le dire.

« En cette province vivent de très grosses couleuvres »

Marco Polo est envoyé en mission dans la Chine méridionale, à Caragian. Le nom de la province de Caragian (ou Karadjang) vient de deux termes, l'un mongol, l'autre tibétain, et veut dire « le royaume noir ». Territoire non chinois, elle fut conquise par Kubilaï en 1253.

En cette province vivent de très grosses couleuvres, et aussi ces grands serpents qui sont tellement démesurés que tous les hommes s'en doivent émerveiller ; à voir et à regarder, sont choses très hideuses. Et vous dirai comment ils sont grands et gros. Or sachez pour vrai qu'il y en a de dix pas de long, qui sont aussi gros qu'un tonneau, car ils ont dix paumes de tour. Ce sont là les plus gros. Ils ont deux courtes pattes devant, près de la tête, mais sans pieds, si ce n'est qu'ils ont trois griffes, deux petites et une plus grande, acérées comme celles d'un faucon ou d'un lion. Ils ont la tête énorme, et les yeux plus gros qu'une miche de quatre dinars[48], et tout luisants ; leur gueule est si vaste qu'ils peuvent bien engloutir un homme d'un seul coup. Ils ont des dents énormes et aiguës. Ils sont si effroyablement hideux, énormes et féroces qu'il n'est au monde ni homme, ni femme, ni bête, qui ne craigne point de les approcher et qui n'en ait point peur.

Extrait du chapitre CXXII, « Ci devise de la province de Caragian ».

« Une très vilaine bête à voir et dégoûtante »

Marco Polo est sur le chemin du retour. Il effectue son voyage par la mer, et arrive dans l'île de Java.

Ils[49] ont maints éléphants sauvages et assez d'unicornes, qui ne sont guère moins gros qu'un éléphant ; ils ont le poil du

48. Pièces d'or.
49. Les habitants du royaume de Basman, l'un des huit royaumes de l'île de Java.

buffle, le pied comme celui de l'éléphant, une corne au milieu du front, très grosse et noire. Et vous dis qu'il ne fait aucun mal aux hommes et aux bêtes avec sa corne, mais seulement avec la langue et les genoux, car sur sa langue il a des épines très longues et aiguës. Quand il veut détruire un être, il le piétine et l'écrase par terre avec les genoux, puis lui inflige les maux qu'il fait avec sa langue. Il a la tête comme sanglier sauvage, et la porte toujours inclinée vers la terre ; il demeure volontiers dans la boue et la fange parmi les lacs et les forêts. C'est une très vilaine bête à voir et dégoûtante[50].

Extrait du chapitre CLXIX,
« Ci devise de Java la mineure ».

« Des branches s'écoule une eau qui est du vin »

Avant d'arriver à Java, Marco Polo s'est arrêté à Sumatra.

Or sachez que, quand on part de Basman, on trouve le royaume de Sumatra, qui est le troisième, toujours dans la même île, et dans lequel moi-même, Marco Polo, je demeurai cinq mois avec mes compagnons, parce que le temps défavorable ne nous permettait pas de poursuivre notre chemin. [...]

Ils[51] ont en abondance les meilleurs poissons du monde. Ils n'ont point de froment, mais vivent de riz ; et ils n'ont point de vin, fors celui que je vous décrirai. Sachez très véritablement qu'ils ont une espèce d'arbres dont ils tranchent les rameaux[52] quand ils veulent du vin, et des branches s'écoule une eau qui est du vin ; ils mettent un pot bien grand ou une jarre attachée au tronçon, et vous dis qu'en un jour et une nuit, elle s'emplit d'un vin très bon à boire, et dont la vertu est si grande qu'il guérit les hydropiques[53], et ceux qui ont la toux

50. Il s'agit du rhinocéros de Sumatra.
51. Les habitants du royaume de Sumatra.
52. Petites branches.
53. Atteints d'hydropisie, maladie qui se manifeste par des gonflements de certaines parties du corps.

et la mélancolie. Ces arbres sont semblables à de petits dattiers et ont communément quatre branches, dont on coupe une à un certain moment de l'année. Ils ont autant de vin que je vous ai dit, lequel est fort bon.

Extrait du chapitre CLXX,
« Ci devise du royaume de Sumatra ».

« Le plus beau et le plus gros rubis qui soit en tout le monde »

Marco Polo passe par l'île de Ceylan.

Car je vous dis qu'en cette île naissent les nobles et bons rubis, et en nulle autre part du monde ils ne naissent aussi bons. Et encore y naissent les saphirs, et les topazes, et les améthystes, et les grenats, et encore maintes autres bonnes pierres. Et vous dis même que le roi de cette province a le plus beau et le plus gros rubis qui soit en tout le monde, ou qui fut jamais vu ou jamais se doive voir ; et vous deviserai[54] comment il est fait. Or sachez qu'il a environ une paume de long, et est bien aussi gros que le bras d'un homme ; c'est la plus splendide chose du monde à voir. Il n'y a nulle terre en lui, et il est vermeil comme du feu. Il est de si grande valeur qu'à peine se pourrait acheter contre argent. Et vous dis pour vérité que, lorsqu'il apprit l'existence de ce très notable rubis, Cublai, le Grand Can, manda ses messagers à ce roi, et lui manda qu'il voulait lui acheter son rubis et que, s'il le lui voulait donner, il lui en ferait donner la valeur d'une cité. Mais le roi de Seilan dit qu'il ne le donnerait pour rien au monde, parce qu'il avait appartenu à son père et à ses ancêtres, et que par droit, il le devait laisser à ses fils et à ses descendants pour toujours, car il considérait ce joyau comme une

54. Dirai.

très grande illustration de sa seigneurie. Avec cette réponse et sans le rubis, les ambassadeurs retournèrent vers leur maître, et moi, Marco Polo, j'étais l'un des ambassadeurs : je vis ledit rubis de mes propres yeux ; lorsque le seigneur le tenait dans sa main fermée, il dépassait hors de son poing vers le haut et le bas et le seigneur se le passait sur les yeux et sur la bouche.

Extrait du chapitre CLXXVI,
« Ci devise de l'île de Seilan ».

***Recherche de pierres précieuses dans une rivière des montagnes de Ceylan où vivent les éléphants, léopards et griffons ailés*, enluminure extraite du *Livre des Merveilles*. Recueil de récits de voyages faits par Marco Polo (XVe siècle), par le Maître de Boucicaut et le Maître de Bedford, Paris, BNF.**

Repérer et analyser

L'énonciation et la description de l'inconnu

1 Relevez les passages dans lesquels Marco Polo se met en scène. À quel moment fait-il allusion à son voyage ? À quels moments insiste-t-il sur la véracité de ses propos ?

2 **a.** Faites la liste des éléments décrits dans les extraits et classez-les (animaux, végétaux, minéraux).

b. Dites dans quelle région on trouve ces éléments.

3 La périphrase

> La périphrase consiste à désigner un être, une chose… non par le terme propre mais par une expression de même sens.

Relevez dans l'ensemble des extraits : les comparaisons qui permettent d'établir des équivalences (« comme », « aussi… que »…) ou de dégager des différences avec le monde connu (« plus/moins… que ») ; une périphrase dans les lignes 7 à 15, et le recours éventuel au nom « indigène » ; vous préciserez la langue.

Les merveilles

4 Quelle image le narrateur donne-t-il des éléments décrits ? Appuyez-vous sur les termes mélioratifs ou péjoratifs, les hyperboles ou exagérations, les expressions qui marquent l'intensité (« très », « si »…).

5 Relevez les différentes unités de mesure utilisées. Dites ce qui est mesuré.

6 Relevez quelques passages qui vous semblent faire particulièrement appel à l'imagination du lecteur.

Écrire

7 Imaginez une autre découverte de Marco Polo. Décrivez-la de façon à en donner une image précise au lecteur. Vous utiliserez une périphrase, des comparaisons ou un terme indigène que vous inventerez. Vous en donnerez une image méliorative ou péjorative.

Extrait 14

La cité de Quinsai

« L'homme s'imagine être au Paradis »

La cité de Quinsai se trouve sur la côte, dans la partie est de la Chine. C'est l'ancienne capitale des Song.

Et quand on est allé ces trois journées, c'est alors que l'on trouve la très nobilissime et magnifique cité qui, pour son excellence, importance et beauté est nommée Quinsai, qui veut dire en français la Cité du Ciel – comme vous ai dit tout à l'heure –, car c'est la plus grande ville qu'on puisse trouver au monde, et l'on y peut goûter tant de plaisirs que l'homme s'imagine être au Paradis. [...]

La ville de Quinsai a cent milles[55] de tour ou à peu près, parce que ses rues et ses canaux sont très longs et très larges. Il y a des places carrées où l'on tient les marchés et qui, vu la multitude de gens qui s'y rencontrent, sont nécessairement très vastes et spacieuses. Elle est située de telle manière qu'elle a d'un côté un lac d'eau douce qui est très claire, et de l'autre un énorme fleuve qui, entrant en maints canaux petits et grands, qui courent par toutes les régions de la ville, emporte toutes les immondices, puis pénètre dans ledit lac, et de là coule à l'Océan. Voilà qui rend l'air très salubre[56]. L'on peut aller par toute la ville et par terre, et par ces cours d'eau. Les rues et les canaux sont longs et larges, si bien que les barques y peuvent passer à loisir, et les charrettes transporter les choses nécessaires aux habitants. Il y a douze mille ponts, de pierre pour la plupart, car certains sont en bois ; et sous chacun de

55. Ancienne mesure valant 1 481,5 mètres (100 milles = 148,15 km).

56. Sain.

La ville de Quinsay, enluminure extraite du *Livre des Merveilles*. Recueil de récits de voyages faits par Marco Polo (XVe siècle), par le Maître de Boucicaut et le Maître de Bedford, Paris, BNF.

ces ponts, ou sous la plus grande partie d'entre eux, une grande et grosse nef[57] peut aisément passer [...].

Sur chacune de ces places, trois fois la semaine, se réunissent quarante à cinquante mille personnes qui viennent au marché, et apportent tout ce que vous pouvez désirer en fait de victuailles, parce qu'il y en a toujours une grande abondance ; du gibier : chevreuil, cerf, daim, lièvre, lapin ; et des oiseaux : perdrix, faisans, francolins, cailles, volailles, chapons, et tant d'oies, et tant de canards, qu'on ne saurait dire davantage. [...] Sur ces places, on trouve toujours toutes sortes de légumes et de fruits, par-dessus tout d'énormes poires,

57. Grand navire à voiles.

qui pèsent dix livres la pièce, et qui sont blanches à l'intérieur comme la pâte, et très odorantes ; et des pêches – pendant la saison – jaunes et blanches, très délicates. Ni la vigne ni le raisin ne se trouvent en ce pays, mais du raisin sec très bon, apporté d'autre part, et de même du vin, dont les habitants ne font pas bien grand cas, car ils sont accoutumés à celui de riz et d'épices. Là viennent chaque jour de l'Océan, remontant le fleuve sur vingt-cinq milles[58], de grandes quantités de poissons [...].

Toutes ces places carrées sont entourées de hautes maisons, et en bas sont les boutiques où ils travaillent à toutes sortes de métiers, vendent toutes sortes de marchandises, épices, joyaux, perles... Et dans certaines boutiques, on ne vend rien d'autre que du vin de riz aux épices, car sans cesse ils vont en faisant du frais et du nouveau, et il est bon marché. [...]

Et vous dis encore que devers le Midi[59] est un lac qui a bien trente milles[60] de tour ; et tout autour sont maints beaux palais et maintes belles maisons, si merveilleusement faites qu'elles ne pourraient être mieux ni plus riches. Elles sont aux gentilshommes et aux grands. Il y a aussi autour du lac maintes abbayes et maints moustiers[61] d'idoles[62], qui sont en grandissime quantité. [...]

En outre, on trouve sur ce lac des bateaux ou barques en grand nombre, des grands et des petits, pour aller s'amuser et se donner du bon temps.

Extrait du chapitre CLV,
« Ci devise de la noble et magnifique cité de Quinsai ».

58. Environ trente-sept kilomètres.
59. Au Sud.
60. Environ quarante-quatre kilomètres.
61. Monastères.
62. Divinités.

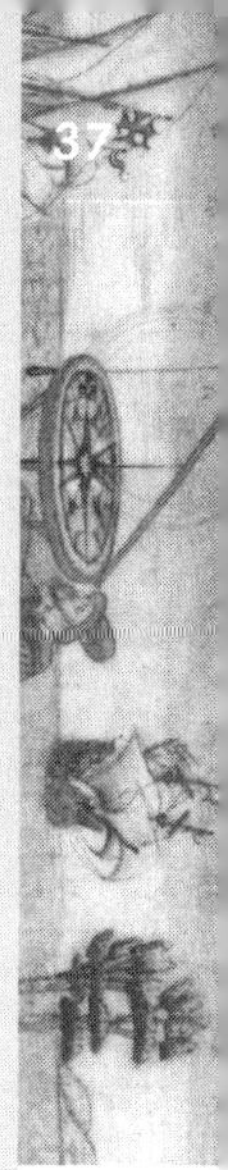

Repérer et analyser

L'énonciation et la description d'une cité

1 Quel pronom renvoie à un voyageur anonyme (l. 1 à 7) ? Relevez les expressions par lesquelles le narrateur s'adresse au lecteur.

2 **a.** Reconstituez la géographie de la ville de Quinsai. Quels sont les éléments qui la constituent et qui en font son originalité ?
b. Quels sont les avantages procurés par la présence des canaux ?

3 Quelle est la forme des places ? Quelle est la caractéristique des maisons entourant les places ?

4 **a.** Combien de fois par semaine le marché a-t-il lieu ? Quelles marchandises y trouve-t-on ?
b. L'énumération

> L'énumération consiste à énoncer une série de termes de même nature. L'énumération permet d'exprimer la profusion, la quantité.

Relevez les énumérations, les termes exprimant la quantité, le lexique des couleurs et des odeurs.

5 Quel type de paysage trouve-t-on au sud de la ville ? Qui habite là ? Quelles sont les distractions des habitants ?

La merveille

6 **a.** Que signifie le nom « Quinsai » ? Relevez les hyperboles dans les lignes 1 à 7, les adjectifs au superlatif, les adverbes d'intensité.
b. Quelle image Marco Polo donne-t-il de la ville ?

Écrire

7 Décrivez un marché, en restituant l'animation qui y règne

Étudier la langue

8 Complétez les noms d'épices suivants :
– n……x de mu………de – cl…… de gi…………e – can………le – g……g……bre – s… f……n – pi………t – cu……y – cu……in.

Extraits 15 à 18

Cérémonies, coutumes, inventions

« La fête solennelle qu'ils nomment blanche »

Marco Polo évoque la fête du nouvel an en Chine.

Vrai est que les Tartares font la fête solennelle qu'ils nomment blanche lors du commencement de leur année, aux calendes[63] de février. Et le Grand Sire et tous ses sujets font telle fête comme je vous conterai.

C'est la coutume que le Grand Can et ses sujets se vêtent tous de robes blanches, hommes et femmes, petits et grands, s'ils ont le moyen de le faire. Et cela font parce que blanche vêture[64] leur semble de bon augure, et pour cela portent au début de leur an pour être favorisés et avoir joie tout l'an. Ce jour-là, tous les peuples et toutes les provinces, régions et royaumes qui lui sont vassaux[65], lui apportent de très grands présents d'or, d'argent, de perles et pierres précieuses et maints très riches habits blancs et autres choses, comme il convient, et il faut que tout cela soit blanc. Et encore vous dis que barons, chevaliers, et tout le monde, s'offrent l'un l'autre des choses blanches, s'accolent[66] et se font fête, se disant comme on dit chez nous : « Bonne chance à vous, et tourne bien tout ce que vous ferez. »

Et sachez qu'en ce jour viennent de différents lieux qui en ont reçu l'ordre, plus de cent mille chameaux et chevaux blancs très beaux et fins qu'on donne au Grand Can. Viennent aussi ce jour-là tous ses éléphants, qui sont bien

63. Premiers jours.
64. Vêtement.
65. Liés, soumis.
66. Se donnent l'accolade.

cinq mille, tous couverts de riches caparaçons[67] habilement brodés de bêtes et d'oiseaux en or et en soie. Et chacun d'eux a sur son dos deux écrins très beaux et très riches, qui sont pleins de la vaisselle d'argent et d'or du Seigneur, et des ornements nécessaires à la fête. Viennent aussi un très grand nombre de chameaux, également couverts de caparaçons de soie blanche, portant aussi des choses nécessaires à la fête, et tout cela passe devant le Grand Sire, et c'est là le plus beau spectacle qui fut jamais vu.

Extrait du chapitre XCI, « Ci devise de la grandissime fête que fait le Grand Can au commencement de l'année ».

« Il fait faire une telle monnaie comme je vous dirai »

Marco Polo s'émerveille de l'existence du papier-monnaie encore inconnu en Europe et déjà en usage en Chine depuis la dynastie Tang (618-907). Koubilaï en impose l'usage à tout son royaume.

Or sachez qu'il[68] fait faire une telle monnaie comme je vous dirai ; à des hommes fait prendre l'écorce d'arbres que nous nommons mûriers et qu'ils appellent *gelsus*, ceux dont les vers qui font la soie mangent les feuilles, et qui sont en si grand nombre que toutes les campagnes en sont pleines. Ils prennent la peau mince qui est entre l'épaisse écorce extérieure et le bois, et qui est blanche ; de cette peau mince, il leur fait faire des feuilles semblables à celles du papier coton, et elles sont toutes noires. Et lorsqu'elles sont faites, il les leur fait couper de telle manière : la plus petite vaut chez eux environ une moitié de petit *tornesel*, et la suivante, un peu plus grande, un *tornesel* ; la suivante, encore un peu plus grande, un demi-gros d'argent de Venise, la suivante, un gros[69] d'argent, la suivante, deux

67. Équipements d'ornement.
68. Le Grand Can.
69. Monnaie utilisée en Occident.

gros, la suivante, cinq gros, la suivante, dix gros, la suivante un besant[70] d'or, et la suivante, deux besants d'or, et la suivante, trois besants d'or, et l'on va ainsi jusqu'à dix besants d'or. Toutes ces feuilles reçoivent le sceau[71] du Grand Sire, faute de quoi elles ne vaudraient rien. Elles sont fabriquées avec autant de garanties et de formalités que si c'était or pur ou argent, car maints[72] officiers nommés pour cela écrivent leur nom sur chaque billet, y apportant chacun sa marque, et quand tout est bien fait comme il faut, leur chef, commis par le Seigneur[73], empreint[74] de cinabre[75] le sceau qui lui est confié et l'appuie sur le billet ; et la forme du sceau humecté[76] de cinabre y demeure imprimée : alors cette monnaie est valable.

Extrait du chapitre XCIX,
« Comment le Grand Can fait dépenser papier pour argent ».

« Tous les gens, hommes et femmes, sont peints et tatoués »

Dans la province de Caugigu (royaume du Tonkin, région nord du Viêtnam actuel), Marco Polo découvre la technique du tatouage.

Tous les gens, hommes et femmes, sont peints et tatoués à l'aiguille sur tout le corps en telle manière comme je vous dirai. Car ils se font sur toute la chair des peintures à l'aiguille, de lions et de dragons, d'aigles et de grues, et de maintes autres images différentes et étranges, de sorte qu'on ne voit rien dessiné en saillie[77] ni écorché. Ils font leurs dessins à l'aiguille si habilement que jamais ne s'en vont, ni au lavage, ni autrement. Ils s'en font au visage, au col[78], et au ventre, et aux mains,

70. Monnaie utilisée en Occident.
71. Cachet.
72. De nombreux.
73. Chargé par le Grand Can d'accomplir cette tâche.
74. Recouvre.
75. Couleur rouge tirée du sulfure de mercure.
76. Mouillé légèrement.
77. En relief.
78. Cou.

et aux jambes et par tout le corps. Tout d'abord, est esquissé le dessin des figures qui plaisent au client avec du noir, sur tout le corps. Cela fait, on lui ligote pieds et mains, et deux ou trois aides le tiennent ; alors le maître, qui ne pratique nul autre art, prend cinq aiguilles, dont quatre sont solidement liées ensemble en carré, et la cinquième dans le milieu ; avec ces aiguilles, il le pique partout où il y a le dessin ; et quand les piqûres sont faites, on passe aussitôt de l'encre dessus, et la figure qu'on avait dessinée apparaît dans ces piqûres. [...] Mais beaucoup d'entre eux trépassent[79] pendant qu'on les peint, car ils perdent beaucoup de sang.

Extrait du chapitre CXXX,
« Ci devise de la grande province de Caugigu ».

« Lorsque trépasse un riche homme... »

À Quinsai, Marco Polo observe les rites funéraires.

Et vous dirai encore qu'ils ont pour habitude que lorsque trépasse un riche homme, lorsque le corps du mort est porté à brûler, tous les parents, hommes et femmes, se vêtent – à bon marché – de canevas en signe de deuil, et vont avec le corps ; ils prennent leurs instruments de musique et vont jouant et chantant oraison[80] des idoles à voix douce. Une fois arrivés là où le corps doit être brûlé, ils s'arrêtent et font faire des chevaux, des esclaves hommes et femmes, des chameaux, des selles, des harnois[81], des habits d'or et de soie, de la monnaie d'or et d'argent en grande abondance, toutes choses qu'ils font de papier. Quand ils ont fait tout cela, ils font le grand feu et brûlent le corps avec ces choses, disant que ce mort aura toutes ces choses en l'autre monde.

Extrait du chapitre CLV,
« Ci devise de la noble et magnifique cité de Quinsai ».

79. Meurent.

80. Prière.

81. Équipements de cheval.

Repérer et analyser

Le récit de voyage : un documentaire

1 Extrait 15 (p. 38)

a. Quel est le mois qui, pour les Tartares, marque le nouvel an ? Quelle est la couleur adoptée ce jour-là ? Pourquoi ? Citez le texte.

b. Par quel mode s'exprime le souhait dans l'expression « et tourne bien tout ce que vous ferez » (l. 17-18) ?

c. Quels sont les cadeaux faits au Grand Can ? Décrivez les animaux qui défilent devant le grand Can.

d. En quoi cette fête provoque-t-elle l'émerveillement ?

2 Extrait 16 (p. 39)

a. Avec quoi fabrique-t-on le papier-monnaie ? Quelles sont les différentes étapes de sa fabrication ?

b. À quelle condition les feuilles de mûrier prennent-elles valeur de papier-monnaie ? Citez le texte.

3 Extrait 17 (p. 40)

a. Dans quelle région Marco Polo a-t-il découvert la technique du tatouage ?

b. Comment se déroule une séance ? Quelles sont les motifs que les gens se font peindre ? Quel danger encourent-ils à se faire tatouer ?

4 Extrait 18 (p. 41) : comment se déroule une cérémonie funéraire en Chine ? Pour quelle raison les Chinois font-ils des figurines en papier ? Que représentent ces figurines ? Qu'en font-ils ?

Se documenter

Les inventions chinoises

Beaucoup d'inventions sont nées en Chine. Les Chinois ont été les premiers à mettre au point une technique efficace pour inventer le papier et pour l'imprimer par le procédé de la xylographie (gravure sur bois) : ils gravaient des caractères sur des plaques de bois, les enduisaient d'encre et imprimaient jusqu'à cinq mille copies. Les Chinois inventèrent aussi les lunettes, le char à voile, la boussole, la poudre à canon, les feux d'artifice…

Extraits 19 et 20

La part de l'imaginaire

« Ils ont tant d'or que c'est chose merveilleuse »

Lors de son voyage de retour (Marco Polo quitte la Chine en 1291), Marco Polo passe par l'île de Çipingu (en chinois « Je-pen Kuo », le pays du soleil levant, aujourd'hui le Japon).

Çipingu est une île au Levant, qui est en haute mer, à mille cinq cents milles[82] des terres. Elle est très grandissime. Les gens sont blancs, de belles manières et beaux. Ils sont idolâtres[83] et se gouvernent eux-mêmes, et ne sont sous la seigneurie de nuls autres hommes, sinon d'eux-mêmes.

Et vous dis aussi qu'ils ont or en grandissime abondance, parce qu'on en trouve outre mesure en ce pays. Et vous dis qu'aucun homme n'emporte d'or hors de cette île, parce que nul marchand, ni autre homme, n'y va depuis la terre ferme. Car elle est trop lointaine, et d'ailleurs, des vaisseaux y vont rarement d'autres pays, parce qu'elle abonde en toutes choses. Et vous dis donc qu'ils ont tant d'or que c'est chose merveilleuse, comme je vous l'ai dit, et qu'ils ne savent qu'en faire. Aussi vous conterai une grande merveille d'un palais du seigneur de cette île, selon ce que disent les hommes qui connaissent le pays. Je vous dis tout vraiment qu'il a un grandissime palais tout couvert de plaques d'or fin. Tout comme nous couvrons notre maison de plomb, et notre église, de même ce palais est couvert d'or fin, ce qui vaut tant qu'à peine se pourrait compter, et qu'il n'est personne dans le monde qui le pourrait racheter. Et encore vous dis que tout le pavage[84]

82. Environ 2 222 km.
83. Ils vénèrent des statues de divinités, sont superstitieux.
84. Revêtement du sol.

des chambres, dont il y a bon nombre, est lui aussi d'or fin épais de bien plus de deux doigts. Et toutes les autres parties du palais et les salles, et les fenêtres, sont aussi ornées d'or.

Extrait du chapitre CLXII,
« Ci devise de l'île de Çipingu ».

« Les hommes de cette île ont tous une tête de chien »

Marco Polo, toujours sur la route du retour à Venise, voyage en bateau sur l'océan Indien ; il vient de quitter Sumatra et se trouve dans le golfe du Bengale.

Quand on quitte les deux îles susdites[85] et fait bien cent quarante lieues vers le Ponant[86], on trouve une île nommée Angaman[87], qui est bien grande et riche. Ils n'ont roi. Ils sont idolâtres et vivent comme bêtes sauvages qui n'ont ni loi ni ordre, et n'ont ni maison ni rien. Et vous dirai d'une manière de gens dont il fait bon conter en notre livre. Or sachez très véritablement que les hommes de cette île ont tous une tête de chien, et dents et yeux comme chiens ; et vous n'en devez douter, car je vous dis en bref qu'ils sont du tout semblables à la tête de grands chiens mâtins[88]. Ils ont assez d'épicerie[89], ils sont gens très cruels et mangent les hommes tout crus, tous ceux qu'ils peuvent prendre, pourvu qu'ils ne soient des leurs. [...] Leur nourriture est riz, et sorgho[90], et lait, et ils mangent de toutes manières de chair impure. Ils ont aussi des noix du Pharaon[91], des pommes du Paradis[92] et maints autres fruits cultivés et sauvages différents des nôtres.

85. Il s'agit de deux îles précédemment évoquées par Marco Polo, situées au nord de Sumatra.

86. Vers l'ouest.

87. Il s'agit des îles Andaman, situées dans le golfe du Bengale, au large du Myanmar (Birmanie).

88. Gros chiens de garde.

89. Épices.

90. Céréales que l'on trouve dans les pays chauds.

91. Noix de coco.

92. Il s'agit des bananes.

Et cette île est dans une mer dont le courant est si fort, et si profonde, que les nefs[93] n'y peuvent jeter l'ancre, ni d'ailleurs naviguer, car le courant les entraîne en un certain golfe dont elles ne peuvent ressortir. C'est parce que cette mer, dans sa fureur, ronge toute la terre et déracine les arbres qu'elle abat avec les racines, et entraîne dans ce golfe. En ce golfe sont donc attirés sans cesse tant d'arbres qui jamais n'en sortent, que c'en est merveille. Aussi, les nefs qui entrent dans ce golfe s'enchevêtrent tellement dans les arbres qu'elles ne peuvent plus se mouvoir et y demeurent toujours.

Extrait du chapitre CLXXV,
« Ci devise de l'île d'Angaman ».

Marco Polo, *Le Livre des Merveilles ou Le Devisement du monde*,
traduction de Louis Hambis © Klincksieck, 1955.

***Hommes à tête de chien de l'Île d'Agaman dans le golfe du Bengale*, enluminure extraite du *Livre des Merveilles*.**
Recueil de récits de voyages faits par Marco Polo (XVe siècle), par le Maître de Boucicaut et le Maître de Bedford, Paris, BNF.

93. Navires à voile.

Questions

Repérer et analyser

La géographie

L'île, dans l'imaginaire collectif, a toujours fasciné les esprits : elle représente le lieu de l'exotisme mais aussi de tous les dangers.

1 **a.** Quels sont les pays dont il est question dans chacun des extraits ? Quelles informations Marco Polo fournit-il sur la situation particulière de chacun de ces lieux ?
b. Retrouvez les directions évoquées par le Levant et le Ponant.

Le récit de voyage présente une dimension informative mais accorde une large place aux rêves et à l'imaginaire. La réalité est souvent amplifiée ou déformée.

2 Rêve et réalité : quelles informations Marco Polo fournit-il sur les habitants de Çipingu ?
3 À qui appartient le palais ? Quelles en sont les caractéristiques ? Analysez les procédés par lesquels Marco Polo traduit son émerveillement (lexique, répétitions, comparaisons, hyperboles).
4 **a.** Quelles informations fournit-il sur les habitants de l'île d'Angaman ?
b. Quelle description physique fait-il des habitants ? Est-elle réaliste ? Combien de fois le mot « chien » est-il répété ? Comment expliquer qu'il ait pu croire à l'existence de ces êtres ?

Le témoignage d'authenticité et la visée

5 Relevez les expressions par lesquelles Marco Polo assure le lecteur de la véracité de ses propos. Pourquoi marque-t-il autant d'insistance ? A-t-il vu, selon vous, les réalités qu'il décrit ?
6 **a.** Quel effet Marco Polo cherche-t-il à produire chez son lecteur ?
b. La description de Çipingu a fasciné Christophe Colomb qui en a fait un des buts principaux de son voyage vers les Indes par l'ouest. Comprenez-vous pourquoi ?

Écrire

7 Décrivez une autre curiosité merveilleuse.

Deuxième partie

Les explorateurs de l'Amérique

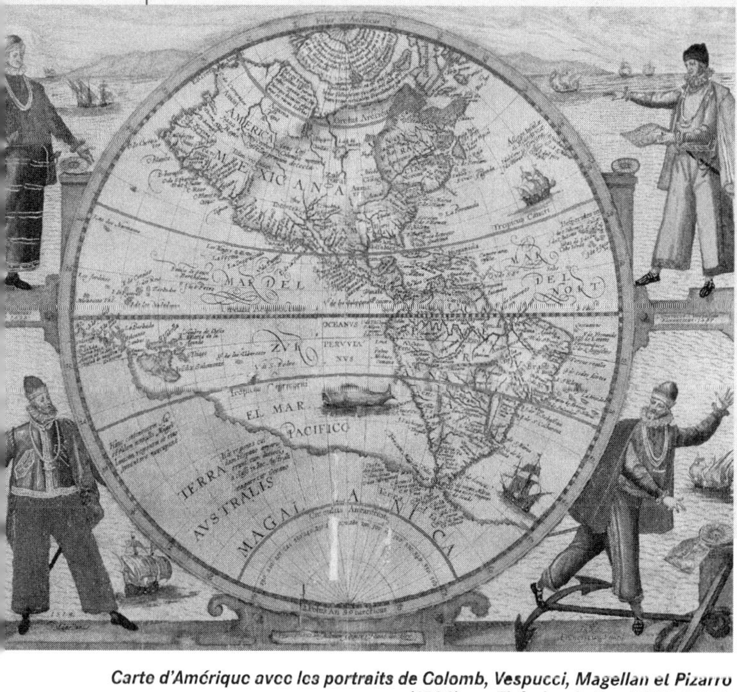

Carte d'Amérique avec les portraits de Colomb, Vespucci, Magellan et Pizarro (1596) par Théodor de Bry (1528-1598), gravure sur cuivre, New York, Public Library.

L'AMÉRIQUE LATINE
OCÉAN
ATLANTIQUE
GOLFE
DU MEXIQUE
La Havane
BAHAMAS
San Salvador
MEXIQUE
Yucatan
CUBA
Tenochtitlan
(Mexico)
HISPANIOLA
(HAÏTI)
Carthagène
San Fernando de Apure
VÉNÉZUELA
COLOMBIE
Quito
ÉQUATEUR
PÉROU
BRÉSIL
Lima
Cuzco
BOLIVIE
OCÉAN
PACIFIQUE
CHILI
PARAGUAY
URUGUAY
N
O
E
S
ARGENTINE
0
1 000 km

Extraits 1 à 7

Christophe Colomb, le découvreur de l'Amérique

Christophe Colomb.

Alors que les navigateurs portugais espéraient atteindre les pays d'Extrême-Orient en contournant l'Afrique, Colomb, lui, projette de rejoindre l'Asie par la mer en passant par l'ouest. Il a en effet la conviction, comme la plupart des savants de son époque, que la terre est ronde.

« Écrire très ponctuellement, au jour le jour »

Christophe Colomb, pensant rejoindre les Indes par l'ouest, est appuyé dans sa formidable entreprise par le roi et la reine d'Espagne, Ferdinand d'Aragon et Isabelle de Castille, qui financent le voyage ; le navigateur leur adresse son journal de bord, rédigé jour après jour. L'original ayant été perdu, ce journal a été recopié et résumé par Bartolomé de Las Casas (1474-1566), fils de l'un des premiers compagnons de Christophe Colomb. Voici un extrait de la première page.

Et je partis de la cité de Grenade le douzième jour du mois de mai de la même année 1492, un samedi ; je vins à la ville de Palos, qui est port de mer, où j'armais trois navires très convenables pour telle entreprise et je partis dudit port, bien pourvu de très nombreuses subsistances et de beaucoup de gens de mer, le troisième jour du mois d'août de ladite année, un vendredi, une demi-heure avant le lever du soleil. Et je pris le chemin des îles Canaries qui sont à Vos Altesses et se trouvent en ladite mer Océane pour, de là, prendre ma route et naviguer jusqu'à toucher aux Indes, m'y acquitter de l'ambassade de Vos Altesses [...] et y accomplir ainsi ce qu'Elles m'avaient ordonné.

En ces raisons, je me suis proposé d'écrire très ponctuellement, au jour le jour, tout ce que je ferais et verrais et qui m'arriverait pendant ce voyage, comme bien on le verra plus avant.

De plus, Seigneurs Princes, tout en écrivant chaque nuit ce qui sera arrivé le jour, et le jour la navigation de la nuit, j'ai le dessein de faire une nouvelle carte marine sur laquelle je situerai toute la mer et toutes les terres de la mer océane, dans leurs propres positions, sous leur vent.

Extrait du journal de bord.

Dimanche 9 septembre

Christophe Colomb est parti avec trois caravelles, la Santa-Maria, *la* Pinta, *et la* Niña *et une centaine d'hommes au total. Il avait estimé à 4 400 km la distance séparant le Portugal des Indes, ce qui représentait trois ou quatre semaines de navigation. Il se trompait : la distance réelle était en fait de 19 600 km environ. Les hommes, inquiets de la longueur du voyage, commencent à s'agiter et demandent à rentrer. Après trente-trois jours de navigation sans escale, il atteint les Bahamas, croyant avoir abordé à Çipangu, le Japon décrit par Marco Polo.*

À certains moments, Las Casas recopie le journal : le pronom « je » désigne alors Colomb ; à d'autres, il le résume : il passe alors de la première personne à la troisième personne. Il désigne Colomb par son titre, l'Amiral.

Ce jour-là, ils perdirent complètement de vue la terre. Craignant de ne pas la revoir de longtemps, beaucoup soupiraient et pleuraient. L'Amiral les réconforta tous avec de grandes promesses de maintes terres et richesses, afin qu'ils conservassent espoir et perdissent la peur qu'ils avaient d'un si long chemin. […]

Extrait du journal de bord.

Mercredi 10 octobre

[…] Les hommes n'en pouvaient plus. Ils se plaignaient de la longueur du voyage. Mais l'Amiral les réconforta le mieux qu'il put en leur donnant bon espoir du profit qu'ils pourraient avoir. Et il ajoutait qu'il était vain de se plaindre, parce qu'il était venu pour atteindre aux Indes et qu'il entendait poursuivre jusqu'à les trouver, avec l'aide de Notre Seigneur.

Extrait du journal de bord.

Jeudi 11 octobre

Il navigua ouest-sud-ouest. Ils eurent grosse mer[1], plus que jusque-là au long du voyage.

Ils virent des pétrels[2] et un jonc vert[3] tout près de la nef[4] amirale. Ceux de la caravelle *Pinta* virent un roseau et un bâton et ils saisirent un autre bâtonnet travaillé, à ce qu'il leur parut, avec le fer ; puis encore un morceau de roseau et une autre herbe qui pousse en terre, enfin une planchette. Ceux de la caravelle *Niña* virent aussi d'autres signes de terre et un rameau d'épine chargé de ses fruits. À cette vue, ils respirèrent tous et se réjouirent.

1. Mer très agitée.
2. Oiseaux marins qui volent au ras de l'eau.
3. Plante qui croît dans l'eau.
4. Grand navire à voiles.

Ils firent en ce jour, jusqu'au coucher du soleil, vingt-sept lieues[5]. Après le coucher du soleil, l'Amiral reprit son premier chemin vers l'Ouest. Ils filèrent douze milles à l'heure[6]. Jusqu'à deux heures après minuit, ils coururent quatre-vingt-dix milles qui font vingt-deux lieues et demie[7]. Et comme la caravelle *Pinta* était le meilleur voilier et allait devant la nef amirale, ce fut elle qui découvrit la terre et fit les signaux que l'Amiral avait ordonnés. Ce fut un marin nommé Rodrigo de Triana qui vit cette terre le premier, quoique l'Amiral, étant à dix heures de la nuit sur le château de poupe[8], vît une lueur, encore que si furtive qu'il ne voulut point affirmer que ce fût terre. Il appela toutefois Pero Gutiérrez, officier de la chambre du roi, et lui dit qu'il lui semblait voir une lumière, qu'il regardât à son tour, et ainsi fit l'autre et il la vit. [...] Après que l'Amiral eut dit cela, on vit encore cette lueur une fois ou deux, et c'était comme d'une petite chandelle de cire qui se haussait et s'abaissait, ce qui pour bien peu eût été un indice de terre. Mais l'Amiral tint pour certain qu'il en était près. C'est pourquoi, quand ils furent réunis pour dire le *Salve Regina*[9], que tous les marins ont coutume de réciter et chanter à leur manière, l'Amiral les pria et conjura de faire bonne garde sur le château de proue[10] et de regarder bien du côté de la terre, car à celui qui le premier la verrait il donnerait sur-le-champ un pourpoint[11] de soie en sus[12] des autres dons promis par les Rois pour tel fait, à savoir dix mille maravédis[13] de rente perpétuelle.

À la deuxième heure après minuit, la terre parut, distante de deux lieues[14]. Ils carguèrent les voiles[15], ne gardant que le

5. Une lieue marine vaut 5 555,5 mètres (27 lieues = 150 km).
6. Environ 18 km/h.
7. Environ 125 km.
8. À l'arrière du navire, sur le pont supérieur.
9. Prière à la Vierge Marie.
10. À l'avant du navire, sur le pont supérieur.
11. Vêtement qui couvre le haut du corps.
12. En plus.
13. Monnaie espagnole.
14. Environ 11 km.
15. Serrer les voiles contre le mât au moyen de cordages.

tréou, qui est la grande voile sans bonnettes[16], puis se mirent en panne[17], temporisant jusqu'au jour du vendredi où ils arrivèrent à une petite île des Lucayes qui, dans la langue des Indiens, s'appelait Guanahani.

Alors ils virent des gens nus, et l'Amiral se rendit à terre dans sa barque armée avec Martin Alonso Pinzon et Vicente Yañez, son frère, qui était capitaine de la *Niña*. L'Amiral déploya la bannière royale, et les capitaines deux de ces étendards à croix verte que l'Amiral avait pour emblème sur tous les navires et qui portaient un F et un Y surmontés chacun d'une couronne, une lettre d'un côté de la croix et l'autre de l'autre côté.

Arrivés à terre, ils virent des arbres très verts et beaucoup d'eau et des fruits de diverses espèces. L'Amiral appela les deux capitaines et tous ceux qui sautèrent à terre, et Rodrigo de Escovedo, notaire de toute l'armada[18], et Rodrigo Sanchez de Segovia, et il leur demanda de lui rendre foi et témoignage de ce que, lui, par devant tous, prenait possession de ladite île – comme de fait il en prit possession – au nom du Roi et de la Reine [...].

Aussitôt se rassemblèrent là beaucoup de gens de l'île. Ce qui suit sont les propres mots de l'Amiral en son livre de première navigation et de découverte de ces Indes.

« Moi, dit-il, afin qu'ils nous aient en grande amitié et parce que j'ai connu qu'ils étaient gens à se rendre et convertir bien mieux à notre Sainte Foi par amour que par force, j'ai donné à quelques-uns d'entre eux quelques bonnets rouges et quelques perles de verre qu'ils se sont mises au cou, et beaucoup d'autres choses de peu de valeur dont ils eurent grand plaisir ; et ils en devinrent si nôtres que c'était merveille. Ensuite, ceux-là venaient, nageant, aux chaloupes des navires

16. Voile ajoutée sur les côtés d'une voile carrée pour augmenter la surface offerte au vent.

17. Se mirent à l'arrêt.

18. La flotte.

dans lesquelles nous étions, et ils nous apportaient des perroquets, du fil de coton en pelotes, des sagaies[19] et beaucoup d'autres choses qu'ils échangeaient contre d'autres que nous leur donnions, telles que petites perles de verre et grelots. Enfin, ils prenaient et donnaient ce qu'ils avaient, tout, de bonne volonté. Mais il me parut qu'ils étaient des gens très dépourvus de tout. Ils vont nus, tels que leur mère les a enfantés, et les femmes aussi, toutefois je n'en ai vu qu'une qui était assez jeune. Et tous les hommes que j'ai vus étaient jeunes, aucun n'avait plus de trente ans ; ils étaient tous très bien faits, très beaux de corps et très avenants[20] de visage, avec des cheveux quasi aussi gros que de la soie de la queue des chevaux, courts et qu'ils portent tombants jusqu'aux sourcils, sauf en arrière, quelques mèches qu'ils laissent longues et jamais ne coupent. Certains d'entre eux se peignent le corps en brun […] ; d'autres se peignent en blanc et d'autres en rouge vif, et d'autres de la couleur qu'ils trouvent. Certains se peignent le visage et d'autres tout le corps ; certains se peignent seulement le tour des yeux et d'autres seulement le nez. Ils ne portent pas d'armes ni même ne les connaissent, car je leur ai montré des épées que, par ignorance, ils prenaient par le tranchant, se coupant. Ils n'ont pas de fer ; leurs sagaies sont des bâtons sans fer, et certaines ont à leur extrémité une dent de poisson, et d'autres différentes choses. Tous sont pareillement de belle stature, de belle allure et bien faits. J'en ai vu quelques-uns qui avaient des marques de blessures sur le corps et je leur ai demandé par signes ce qu'était cela, et ils m'ont fait comprendre que, d'autres îles qui sont voisines, des hommes venaient ici qui voulaient s'emparer d'eux et qu'ils s'en défendaient. Et j'ai cru, et je crois encore, qu'on vient ici de la terre

19. Javelots utilisés comme arme.

20. Qui plaît par ses manières agréables, ses bonnes grâces.

ferme pour les prendre en esclavage. Ils doivent êtres bons serviteurs et industrieux[21], parce que je vois que très vite ils répètent tout ce que je leur ai dit, et je crois qu'aisément ils se feraient chrétiens, car il m'a paru qu'ils n'étaient d'aucune secte. S'il plaît à Notre Seigneur, au moment de mon départ, j'en emmènerai d'ici six à Vos Altesses pour qu'ils apprennent à parler. Je n'ai vu dans cette île aucune bête d'aucune sorte sauf des perroquets. »

Ce sont les propres mots de l'Amiral.

Extrait du journal de bord.

« J'ai donné le nom de San Salvador »

Luis de Santangel est le trésorier des souverains espagnols. Ami de Christophe Colomb, il a appuyé son projet auprès de la reine.

Seigneur,

Parce que je sais que vous aurez plaisir de la grande victoire que Notre Seigneur m'a donnée en mon voyage, je vous écris cette lettre par laquelle vous saurez comment en trente-trois jours je suis arrivé aux Indes avec l'armada que les illustrissimes Roi et Reine, nos seigneurs, m'avaient donnée, comment j'y ai trouvé quantité d'îles peuplées de gens sans nombre et comment d'elles toutes j'ai pris possession pour Leurs Altesses, par proclamation, bannière royale déployée et sans que nul n'y contredît.

À la première que j'ai rencontrée, j'ai donné le nom de San Salvador[22].

Extrait d'une lettre à Luis de Santangel.

21. Habiles, ingénieux.

22. C'est-à-dire le Christ Sauveur.

Christophe Colomb débarquant à San Salvador (Bahamas), le 12 octobre 1492, gravure de Riou (XIXe siècle).

Mardi 16 octobre et mercredi

Colomb aborde dans une autre île située non loin de là.

Ici, les poissons sont si différents des nôtres que c'est merveille. Il y en a qui sont, comme les coqs, parés des plus fines couleurs du monde : bleus, jaunes, rouges, et toutes les couleurs. D'autres sont bariolés de mille manières et leurs couleurs sont si belles qu'il n'est homme qui ne s'émerveille et ne s'extasie à les regarder. Il y a aussi des baleines. À terre, je n'ai vu aucun animal d'aucune sorte, hormis les perroquets et les lézards. Un garçon m'a dit qu'il avait vu une grande couleuvre. Je n'ai vu ni brebis, ni chèvre, ni aucune autre bête. Il est vrai que je suis resté ici très peu de temps – une seule demi-journée –, mais s'il y en avait eu, je n'aurais pu manquer d'en voir quelques-unes. Du pourtour de cette île, j'en écrirai après l'avoir parcouru.

Extrait du journal de bord.

« L'Hispaniola est une merveille »

Voici un extrait d'une lettre de Christophe Colomb à son protecteur Luis de Santangel, trésorier des souverains espagnols qui l'a aidé dans son projet.

Christophe Colomb cite les différentes îles qu'il vient de découvrir. À chacune il a donné un nom. Il décrit celle qu'il a appelée l'Hispaniola (l'île Espagnole, aujourd'hui Haïti), située au milieu des Caraïbes, entre Cuba et Porto Rico).

Les terres de ces îles sont élevées, et on y rencontre beaucoup de sierras[23] et d'immenses montagnes, incomparablement plus hautes que l'île de Ténériffe[24], toutes magnifiques, de mille formes, toutes accessibles et pleines d'arbres de mille essences[25], si hauts qu'ils semblent atteindre au ciel, et dont je me suis persuadé qu'ils ne perdent jamais leurs feuilles, selon ce que j'ai pu comprendre, les voyant aussi verts et aussi beaux qu'ils le sont au mois de mai en Espagne. Certains étaient en fleur, d'autres avaient leurs fruits, les autres se trouvaient en un état différent selon leur espèce. Et le rossignol et mille autres sortes d'oiseaux chantaient en ce mois de novembre partout où je suis passé.

Il y a des palmiers de six ou huit essences dont la belle diversité ravit les yeux d'admiration, mais aussi celle des autres

23. Dans les pays espagnols, reliefs montagneux.

24. La plus grande des îles Canaries, dans l'océan Atlantique.

25. Espèces.

arbres, des fruits et des herbes. Il y a là encore des pinèdes[26] en quantité, des campagnes magnifiques et du miel, toutes sortes de volatiles et des fruits fort divers. À l'intérieur des terres, il y a maintes[27] mines de métaux et d'innombrables habitants.

L'Hispaniola est une merveille : les sierras et les montagnes, les plaines et les vallées, les terres si belles et grasses, bonnes pour planter et semer, pour l'élevage des troupeaux de toutes sortes, pour édifier des villes et des villages. On ne croira pas sans les avoir vus ce que sont ses ports de mer et ses fleuves nombreux, grands, aux bonnes eaux, et dont la plupart charrient[28] de l'or. Pour ce qui est des arbres, des fruits et des plantes, il y a de grandes différences entre eux et ceux de la Juana. Dans l'Hispaniola, on trouve beaucoup d'épices, de grandes mines d'or et d'autres métaux. Les gens de cette île et de toutes les autres que j'ai découvertes ou dont j'ai eu connaissance vont tout nus, hommes et femmes, comme leurs mères les enfantent, quoique quelques femmes se couvrent un seul endroit du corps avec une feuille d'herbe ou un fichu de coton qu'à cet effet elles font. Ils n'ont ni fer, ni acier, ni armes, et ils ne sont point faits pour cela ; non qu'ils ne soient bien gaillards et de belle stature, mais parce qu'ils sont prodigieusement craintifs. Ils n'ont d'autres armes que les roseaux lorsqu'ils montent en graine, et au bout desquels ils fixent un bâtonnet aigu. Encore n'osent-ils pas en faire usage, car maintes fois il m'est arrivé d'envoyer à terre deux ou trois hommes vers quelque ville pour prendre langue[29], ces gens sortaient, innombrables mais, dès qu'ils voyaient s'approcher mes hommes, ils fuyaient au point que le père n'attende pas

26. Plantations de pins.
27. Beaucoup de.
28. Transportent.
29. Prendre contact avec quelqu'un, lui parler.

le fils. Et tout cela non qu'on eût fait mal à aucun, au contraire, en tout lieu où je suis allé et où j'ai pu prendre langue, je leur ai donné de tout ce que j'avais, soit du drap, soit beaucoup d'autres choses, sans recevoir quoi que ce soit en échange, mais parce qu'ils sont craintifs sans remède.

Il est vrai que, lorsqu'ils sont rassurés et ont surmonté cette peur, ils sont à un tel point dépourvus d'artifice et si généreux de ce qu'ils possèdent que nul ne le croirait à moins de l'avoir vu. Quoi qu'on leur demande de leurs biens, jamais ils ne disent non ; bien plutôt invitent-ils la personne et lui témoignent-ils tant d'amour qu'ils lui donneraient leur cœur. Que ce soit une chose de valeur ou une chose de peu de prix, quel que soit l'objet qu'on leur donne alors en échange et quoi qu'il vaille, ils sont contents. Je défendis qu'on leur donnât des objets aussi misérables que des tessons d'écuelles[30] cassées, des morceaux de verre ou des pointes d'aiguillettes, quoique, lorsqu'ils pouvaient obtenir de telles choses, il leur semblait posséder les plus précieux joyaux du monde.

[...]

Fait sur la caravelle, au large des îles Canaries, le 15 février 1493.

Je ferai ce que vous me commanderez.

L'Amiral

Extrait d'une lettre à Luis de Santangel.

Christophe Colomb, *La Découverte de l'Amérique*,
traduit par Soledad Estorach et Michel Lequenne,

30. Débris d'assiettes.

Questions

Repérer et analyser

Le récit de voyage : les formes d'écriture

Les récits de voyage peuvent prendre diverses formes : journaux de bord (écriture au jour le jour), souvenirs de voyages ou témoignages (rédaction faite au retour à partir de notes prises au cours du voyage (Marco Polo), lettres mais aussi roman retraçant l'histoire d'un voyageur.

1 **a.** Quels extraits appartiennent au genre du journal de bord ?
b. Par quels mots Colomb se désigne-t-il ou est-il désigné ?
c. À qui le journal de bord est-il dédié ? Dans quelle intention Christophe Colomb écrit-il son journal de bord ? Citez le texte (l. 7 à 20).

2 **a.** Quels extraits appartiennent au genre épistolaire ? Qui est l'auteur de la lettre ? À qui est-elle adressée ? Quel en est le sujet ?
b. Quel rôle chacun des destinataires (ceux du journal de bord et celui de la lettre) ont-ils joué dans le voyage ?

Le voyage et l'arrivée

3 **a.** De quel port de mer Christophe Colomb est-il parti ? Quel jour précis ? Quelle année ? À quelle heure ?
b. Dans quelle île a-t-il fait escale ? Quelle est la destination de son voyage ? Situez ces lieux sur la carte page 66.
c. Combien de temps le voyage aurait-il dû durer, selon les calculs de Christophe Colomb ? À partir de quelle date les marins commencèrent-ils à se révolter ? Pour quelle raison ?
d. Comment Christophe Colomb les a-t-il persuadés de continuer ?

4 **a.** À quels indices les marins ont-ils compris que la terre était proche ? À quel moment de la journée la terre a-t-elle été vue ? Qu'ont fait les hommes alors, sur le bateau ?
b. À quel moment précis le débarquement eut-il lieu ? Combien de temps le voyage a-t-il duré ?
c. Dans quel lieu Christophe Colomb a-t-il abordé ? Dans quel pays croit-il être arrivé ? À quelle date ?
d. Comment a-t-il pris possession de l'île ? Comment la rencontre avec les indigènes s'est-elle effectuée ?

La découverte de nouveaux peuples et de nouvelles terres

5 **a.** Quelles sont les caractéristiques physiques des peuples découverts ? Sont-ils pacifiques ? Quelles qualités Christophe Colomb leur découvre-t-il ?
b. Quel est l'un des enjeux des découvertes ?
c. Comment Colomb se comporte-t-il avec ces hommes ?

6 Quelle est la faune que Christophe Colomb découvre dans les îles (extrait 6) ? Quelle image en donne-t-il ? Justifiez votre réponse.

7 **a.** Relisez la description d'Hispaniola (p. 57-58). Pourquoi Christophe Colomb fait-il référence à l'île de Ténériffe et à l'Espagne ?
b. Quels sont les principaux éléments qui composent le paysage ? Relevez dans un tableau les mots et expressions qui renvoient aux sensations visuelles (couleurs), auditives (sons), olfactives (parfums), gustatives (goût). Quelles sont les richesses d'Hispaniola ?
c. Relevez les expressions qui expriment l'abondance et la beauté. Quelle image Colomb donne-t-il de l'île ?

Lire et comparer

Paul Claudel, *Le Livre de Christophe Colomb* (1928)

Christophe Colomb cherche à atteindre les Indes en passant par l'ouest. Trois caravelles ont quitté le port de Palos. Le voyage est difficile. Au bout de deux mois de navigation, aucune terre n'est en vue. Les marins de la Santa-Maria *commencent à se révolter…*

LE CHŒUR. – La mer ! la mer ! la mer ! Toujours, toujours vers l'Ouest ! toujours ce souffle vers l'Ouest ! Nous mourrons tous ! nous ne reviendrons jamais ! Christophe Colomb ! Christophe Colomb ! que nous veux-tu ! pourquoi nous as-tu emmenés avec toi ? pourquoi veux-tu nous faire mourir ? Nous en avons assez ! Nous voulons revenir ! Il faut l'obliger à revenir ! Il est fou ! Au fou ! au fou ! il faut l'obliger à revenir ! C'est un traître ! c'est un fou ! c'est un assassin ! Toujours la mer ! Toujours rien ! il n'y a plus rien ! il n'y a plus rien ! nous sommes perdus au milieu de Rien !

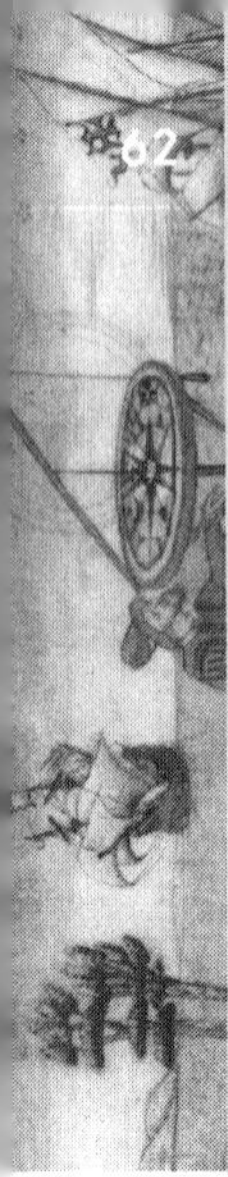

(Christophe Colomb en grand costume d'amiral au milieu de ses officiers reçoit les délégués de l'équipage.)
Christophe Colomb. – Que voulez-vous, Messieurs ?
Le Délégué. – La farine est presque épuisée.
Christophe Colomb. – Vous mangerez du bœuf salé.
Le Délégué. – Le bœuf salé est pourri.
Christophe Colomb. – Eh bien, pour vous consoler, buvez un bon coup de vin à la santé du Roi d'Espagne.
Le Délégué. – Il n'y a plus de vin.
Christophe Colomb. – En ce cas, buvez de l'eau. [...]
Le Délégué. – Il n'y a presque plus d'eau.
Christophe Colomb. – Il n'y a plus de vin ni de biscuit ni de bœuf salé ?
Le Délégué. – Presque plus de tout cela.
Christophe Colomb. – Et il n'y a plus de sang non plus dans les veines des marins de Palos ?
Le Délégué. – Non, il n'y a plus de sang, ils ont peur, il n'y a pas de courage contre Dieu. [...] Nous avons passé la limite après laquelle il n'y a plus de limite. Il n'y a plus de terre, il n'y a plus de mer, il n'y a plus rien.
Christophe Colomb. – Il n'y a plus rien ! C'est justement cela qui est bon ! Et voilà ce qu'on appelle des matelots ! Est-ce que la vie du matelot n'est pas éternellement non pas d'arriver, mais de partir ? [...]

Les marins se mettent à genoux et supplient Colomb de faire demi-tour : Colomb refuse. Le délégué le menace de lui passer l'épée au travers du corps : Colomb se moque. L'officier qui commande le détachement des marins impose ses conditions.

Christophe Colomb. – J'écoute vos conditions.
L'Officier. – Nous vous accordons trois jours.
Christophe Colomb. – Et pendant trois jours je resterai le seul maître des bateaux ?
L'Officier. – Pendant trois jours, vous resterez le seul maître des bateaux.

CHRISTOPHE COLOMB. – Il suffit, et puisque je suis le seul maître, je vais vous faire connaître mes ordres. Combien dites-vous qu'il reste d'eau ?
L'OFFICIER. – Il en reste pour un mois à la ration d'un verre par jour et par personne.
CHRISTOPHE COLOMB. – Buvez-en tant que vous voudrez et jetez le reste aux poissons. Combien reste-t-il de tonneaux de bœuf et de biscuit ?
L'OFFICIER. – Assez pour le même temps.
CHRISTOPHE COLOMB. – Défoncez tout ! Donnez tout à l'équipage !
L'OFFICIER. – Nous le ferons quand tu nous auras donné un signe.
CHRISTOPHE COLOMB. – Regardez !
(À ce moment, un oiseau apparaît, sur l'écran d'abord, ensuite sur la scène.)
LES HOMMES DE L'ÉQUIPAGE. – Un oiseau ! un oiseau !
LE CHŒUR. – Un oiseau ! un oiseau ! Une colombe ! une colombe !
CHRISTOPHE COLOMB. – « Et la terre était couverte d'eau. Et la colombe revint vers Noé, portant un rameau vert dans son bec. »
UNE VOIX EN HAUT DANS LA HUNE. – Terre !
(Tous se précipitent à l'avant du bateau.)
Terre à l'avant ! terre, terre à l'avant !
Terre ! terre ! terre ! terre !

Paul Claudel, *Le Livre de Christophe Colomb*, I, 17, © Éditions Gallimard.

Jules Verne, *Christophe Colomb* (1878)

Dans son roman Christophe Colomb, *Jules Verne retrace la vie du navigateur. Rappelons que les trois caravelles de Christophe Colomb, la* Santa-Maria, *la* Pinta, *et la* Niña *ont quitté Palos le 3 août 1492. Les semaines s'écoulent sans que la terre apparaisse, malgré les promesses de Colomb. Les marins commencent à s'agiter.*

Le 11 octobre, l'Amiral remarqua le long de sa caravelle un roseau encore vert, qui flottait sur une mer assez grosse. En même temps, l'équipage de la *Pinta* hissait à son bord un autre roseau, une planchette et un petit bâton qui paraissait avoir été taillé avec un

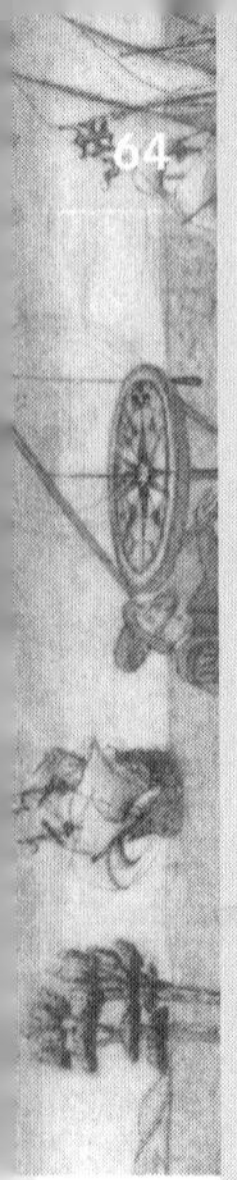

instrument de fer. La main de l'homme avait évidemment laissé sa marque sur ces épaves. Presque au même moment, les hommes de la *Niña* apercevaient une branche d'épine à fleurs. Ce dont tous les esprits furent très réjouis. On ne pouvait mettre en doute la proximité de la côte.

La nuit enveloppa alors la mer. La *Pinta*, la meilleure voilière de la flottille, tenait la tête. Déjà Christophe Colomb lui-même et un certain Rodrigo Sanchez, contrôleur de l'expédition, croyaient avoir observé une lumière qui se déplaçait dans les ombres de l'horizon, quand le matelot Rodrigo, de la *Pinta*, fit entendre ce cri : « Terre ! terre ! »

Que dut-il se passer à ce moment dans l'âme de Colomb ? Jamais homme, depuis l'apparition de la race humaine sur terre, éprouva-t-il une émotion comparable à celle que ressentit alors le grand navigateur ? Peut-être même est-il permis d'assurer que l'œil qui découvrit le premier ce nouveau continent fut celui de l'Amiral ? Mais peu importe : la gloire de Colomb, ce n'est pas d'être arrivé, c'est d'être parti.

Ce fut à deux heures de la nuit que la terre fut réellement reconnue. Les caravelles n'en étaient pas éloignées de deux heures. Tous les équipages entonnèrent d'une voix émue le *Salve Regina*.

Aux premiers rayons du soleil, on vit une petite île à deux lieues sous le vent. Elle faisait partie du groupe des Bahamas. Colomb la nomma San Salvador [...].

En ce moment, des naturels, entièrement nus, parurent sur la côte nouvelle. Christophe Colomb descendit dans sa chaloupe avec Alonzo et Yáñez Pinzón, le contrôleur Rodrigo, le secrétaire Descovedo et quelques autres. Il accosta la terre, tenant à la main la bannière royale, tandis que les deux capitaines portaient la bannière de la croix verte, sur laquelle s'entrelaçaient les chiffres de Ferdinand et d'Isabelle. Puis, l'Amiral prit solennellement possession de l'île au nom du roi et de la reine d'Espagne, et fit dresser procès-verbal de ces actes.

Pendant cette cérémonie, les indigènes entouraient Colomb et ses compagnons. [...] Le lendemain, qui était le 13 octobre, les natu-

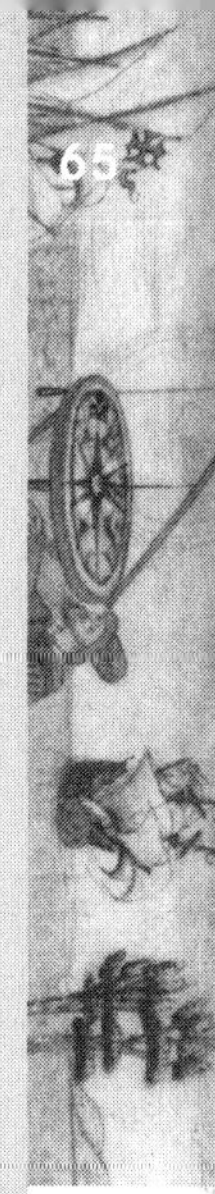

rels revinrent en foule autour des caravelles. Ils montaient de vastes pirogues taillées dans un tronc d'arbre, et dont quelques-unes pouvaient contenir quarante hommes ; ils les dirigeaient au moyen d'une sorte de pelle de boulanger.

Plusieurs de ces sauvages portaient de petites plaques d'or suspendues à la cloison du nez. Ils paraissaient fort surpris de l'arrivée de ces étrangers, et pensaient vraisemblablement que ces hommes blancs étaient tombés du ciel. C'est avec respect et curiosité qu'ils touchaient les vêtements des Espagnols, les prenant sans doute pour un plumage naturel. L'habit écarlate de l'Amiral excita surtout leur admiration. Il était évident qu'ils considéraient Colomb comme un perroquet d'une espèce supérieure. D'ailleurs, ils le reconnurent immédiatement pour le chef des étrangers.

Christophe Colomb et les siens visitèrent alors cette île nouvelle de San Salvador. Ils ne pouvaient se lasser d'admirer son heureuse situation, ses magnifiques ombrages, ses eaux courantes, ses verdoyantes prairies. La faune y était peu variée. Les perroquets, au plumage chatoyant, abondaient sous les arbres et représentaient à eux seuls l'ordre des oiseaux. San Salvador formait un plateau peu accidenté ; un petit lac en occupait la partie centrale ; aucune montagne n'en accidentait le sol. Cependant, San Salvador devait renfermer de grandes richesses minérales, puisque ses habitants portaient des ornements d'or.

8 Quel extrait est tiré d'une pièce de théâtre ? Quel en est le titre ? Qui en est l'auteur ? Quel en est le siècle ? Qui sont les personnages ? Quel moment est mis en scène ?

9 Quel extrait est tiré d'un roman ? Quel en est l'auteur ? À quelle personne le récit est-il mené ? Ce roman s'inspire-t-il de la réalité ? Choisissez des exemples montrant que l'auteur s'est inspiré du Journal de bord de Christophe Colomb.

10 « Et la terre était couverte d'eau. Et la colombe revint vers Noé, portant un rameau vert dans son bec ». Expliquez l'allusion.

Se documenter

Les conditions de navigation au XVe siècle

- Les navigateurs peuvent s'orienter grâce aux portulans, premières cartes marines dessinées sur des parchemins et établies d'après les observations des marins.
- Pour connaître leur position, les marins disposent de la boussole (appelée aussi compas) qui indique le nord, de l'astrolabe, du quadrant ou de l'arbalète, qui permettent de déterminer la position du navire par rapport à la position du soleil, de l'étoile polaire…
- La caravelle, navire des conquêtes, est équipée d'un double système de voiles qui lui permet de tirer au mieux parti des vents : voiles carrées pour une bonne stabilité et voiles triangulaires (dites voiles latines) pour mieux remonter face au vent. Sa coque robuste, allongée et haute, lui permet de bien fendre les flots. Mais la vie à bord est éprouvante : l'eau douce croupit rapidement, aucune nourriture fraîche ne peut être conservée, et les marins sont atteints du scorbut, terrible maladie due au manque de vitamines. Les capitaines doivent faire face aux mutineries qu'entraînent ces conditions de vie.

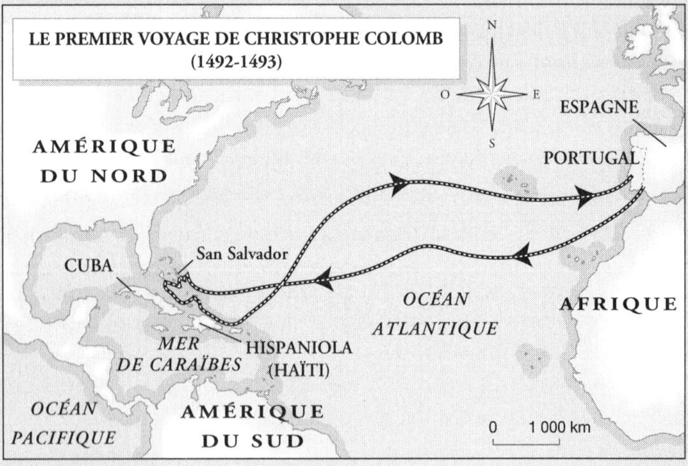

Extraits 8 à 13

Les conquistadors de l'Amérique du Sud : Cortés et Díaz del Castillo

Au début du XVIe siècle, les Espagnols, attirés par l'or, se lancent à la conquête du Nouveau Monde. Les conquistadors (de l'espagnol conquistadores : *conquérants) partent à la découverte de l'Amérique du Sud et de l'Amérique centrale.*

En 1519, Hernán Cortés (1485-1547) atteint le Mexique, poussé à la fois par le désir de trouver de l'or et de convertir les indigènes à la religion catholique. Le Mexique est alors dominé par la brillante civilisation aztèque, qui fascine Cortés et ses hommes. Les Aztèques prennent pour des dieux ces hommes blancs barbus ; ils sont impressionnés par les chevaux et les armes à feu des conquistadors. Montezuma, l'empereur aztèque, offre à Cortés quantité d'or et d'argent. Mais le conquistador emprisonne Montezuma et conquiert la capitale aztèque Tenochtitlan le 15 août 1521. Sur son emplacement, Cortés bâtit une nouvelle ville, Mexico, capitale d'un territoire qu'il nomme Nouvelle-Espagne. En deux ans, Cortés et ses troupes ont anéanti la brillante civilisation aztèque.

« Mexico »

Cortés raconte la conquête du Mexique dans un ouvrage qu'il adresse à son souverain, le roi Charles Quint (règne de 1516 à 1556). Il entend se faire valoir et obtenir des récompenses.

La province du Mexique est composée d'un vallon de quatre-vingt-dix lieues[31] environ de circonférence ; elle est entourée de montagnes élevées et escarpées ; le vallon est presque entièrement occupé par deux lacs ou marais ; le plus grand d'eau salée, et le plus petit d'eau douce. Ces deux lacs sont séparés, d'un côté par une chaîne de coteaux élevés, situés au milieu de ladite plaine. Comme le lac salé augmente ou diminue suivant la marée, l'eau de ce lac tombe dans le lac d'eau douce en haute marée, et dans les marées basses le lac d'eau douce se perd dans le lac salé.

Temixtitan ou Mexico est situé dans le lac salé. De tel côté qu'on veuille y aborder de la terre ferme, il y a au moins deux lieues[32] d'eau à traverser sur quatre chaussées d'environ vingt pieds[33] de large. La ville est aussi grande que Séville et Cordoue ; les rues principales en sont très larges et très droites.

« Les marchés de Tenochtitlan »

Cortés décrit Tenochtitlan, la capitale des Aztèques. La ville est située sur une lagune d'eau salée.

Le 15 août 1521, après un effroyable carnage, Tenochtitlan se rendra à Cortés et à ses troupes, maison par maison.

31. Ancienne mesure de distance valant environ 4 kilomètres (90 lieues = 360 km).

32. Environ 8 km.

33. Ancienne mesure valant 0,3248 mètre (20 pieds = 6,50 m).

Cette grande ville de Tenochtitlan est fondée entre la lagune d'eau salée et la terre ferme ; aux approches de la ville, de quelque côté qu'on veuille l'aborder, la distance est de deux lieues. Elle a quatre entrées, auxquelles conduisent des chaussées construites de main d'hommes, d'une largeur de deux lances. La ville est grande comme Séville et Cordoue. Ses rues principales sont très larges et toutes droites ; quelques-unes de celles-ci et toutes les autres sont moitié terre et moitié eau, formant des canaux pour la circulation des canoas[34]. [...] Cette ville a un grand nombre de places, où se tiennent des marchés quotidiens ; l'une de ces places est deux fois grande comme celle de la ville de Salamanque, place entourée de portiques[35] où chaque jour se presse une foule de soixante-dix mille acheteurs et vendeurs. On trouve là tous les genres de marchandises et de produits que peut offrir ce monde : victuailles de toutes sortes, bijoux d'or et d'argent, ustensiles de plomb, de cuivre, d'étain et de laiton ; autres objets de pierres, d'or, de plumes et de coquilles. On y vend des pierres brutes et ouvrées[36], des adobes[37], des briques cuites, des bois en billes ou travaillés ; dans la rue de la chasse se trouvent des collections de tous les oiseaux du pays, poules, cailles, perdrix, canards sauvages, faucons, milans, crécerelles, gobe-mouches, poules d'eau, pigeons, tourterelles, oiseaux chanteurs, perroquets, et les oiseaux de proie, aigles, faucons, milans et autres, dont ils vendent les dépouilles garnies de leurs plumes, têtes, ongles et becs. Ils vendent des lapins, des lièvres, des chevreuils et des petits chiens comestibles. Il y a la rue des herboristes, où l'on peut trouver toutes les racines et plantes médicinales du monde ; là se trouvent les offices pharmaceutiques, où l'on

34. Canoës.
35. Galeries ouvertes soutenues par deux rangées de colonnes.
36. Travaillées.
37. Briques d'argile non cuites.

peut se procurer les remèdes préparés, les potions, les emplâtres et les onguents. Ici s'élèvent les boutiques des barbiers, où l'on vous rase et lave la tête ; plus loin vous trouverez des auberges où l'on donne à boire et à manger, et voilà des commissionnaires pour porter les fardeaux. Il s'y vend beaucoup de bois, du charbon, des fourneaux de terre cuite, et des nattes de toutes couleurs pour les lits, et d'autres plus fines pour les sièges, les chambres et les salles de réception. Les légumes abondent : oignons, poireaux, ails, cresson et cresson alénois, bourraches, oseilles, chardons comestibles et cardons. Les fruits ne sont pas moins nombreux ; on y trouve des cerises et des prunes qui ressemblent à celles d'Espagne ; ils vendent du miel d'abeille, de la cire et du sirop de canne de maïs aussi doux que le sirop de canne, et du miel de certaines plantes qu'ils appellent maguey et qui est meilleur que le moût de raisin ; et de ces plantes ils font aussi du vin qu'ils vendent au marché. On y débite toutes sortes de fils de coton en écheveaux de toutes couleurs, ce qui nous rappelle le marché des soieries de Grenade, avec cette différence que tout y est ici en plus grande quantité. Ils vendent des couleurs pour les peintres, autant qu'on en pourrait trouver en Espagne et d'une variété de nuances qu'on ne saurait imaginer. Ils ont des cuirs de chevreuils tannés avec ou sans le poil, teint en blanc, en rouge et d'autres couleurs. Ils vendent beaucoup de poteries, belles et bonnes ; urnes, récipients, réservoirs grands et petits, gargoulettes, aiguières, alcarazas, d'une argile très fine, peintes et vernies. Ils vendent du maïs en grain, moulu et en pain, bien meilleur que celui qu'on trouve dans les îles ou sur la terre ferme. Ils vendent des pâtés de poissons et d'oiseaux ; ils vendent du poisson frais ou salé, cru et rôti. Ils vendent des œufs de poules, des œufs d'oies ainsi que de tous les oiseaux dont j'ai parlé, et ils vendent aussi des omelettes toutes prêtes. On vend en somme dans ces marchés tout ce que peuvent fournir le royaume et les contrées adjacentes, et ces produits sont si nombreux et de telle qualité que je ne saurais les énumérer tous, faute de mémoire pour me rappeler leurs noms. [...] Tout se vend par nombre d'articles ou par mesure. Je n'ai jamais rien vu vendre au poids. Il y a sur cette grande place une espèce de palais de justice où siègent dix à douze personnes qui sont des juges et décident en tous les différends qui peuvent se produire dans le marché et passent condamnations des délits. Il y a également des inspecteurs qui se promènent dans le marché, observant les achats, les ventes et les mesures, brisant celles qu'ils reconnaissent fausses et arrêtant les délinquants.

Extrait de Hernán Cortés,
La Conquête du Mexique, traduit de l'espagnol par Désiré Charnay,

« Le grand Montezuma »

Bernal Díaz del Castillo, compagnon de Cortés, écrit lui aussi un ouvrage sur la conquête du Mexique. Il fait le portrait de l'empereur aztèque.

Le grand Montezuma avait environ quarante ans ; il était d'une stature au-dessus de la moyenne, élancé, un peu maigre, avec de l'harmonie dans les formes. Son teint n'était pas très foncé et ne s'éloignait nullement de la couleur habituelle de l'Indien. Il portait les cheveux un peu longs, descendant seulement de manière à couvrir les oreilles. Il avait la barbe rare, noire et bien plantée. Son visage était gai et d'un ovale un peu allongé. Son regard avait de la dignité, témoignant d'ordinaire de sentiments de bienveillance et prenant de la gravité lorsque les circonstances l'exigeaient. Il était propre et bien mis ; il se baignait tous les jours une fois, dans l'après-midi.

Bernal Díaz del Castillo,
La Conquête du Mexique, traduit de l'espagnol par D. Jourdanet,

***Montezuma II envoie des ambassadeurs auprès des conquérants espagnols*, enluminure extraite de « Historia de las Indias » par Diego Duran (1579), Madrid.**

« Des tortillas de maïs »

[…] Lorsque Montezuma était assis à sa table pour prendre ses repas, deux femmes fort gracieuses lui servaient des tortillas de maïs dont la pâte était préparée aux œufs, avec addition d'autres produits substantiels. Ces tortillas, d'une grande blancheur, lui étaient apportées dans des assiettes couvertes d'un linge très propre. On lui servait aussi d'autres pains allongés, faits d'une masse combinée avec des substances nutritives. Puis venait encore une sorte de pain, nommé *pachol* en indien, qui est aplati comme des oublies[38].

Bernal Díaz del Castillo,
La Conquête du Mexique, traduit de l'espagnol par D. Jourdanet

38. Sortes de galettes que l'on mangeait chaudes.

« Allons au palais des oiseaux… »

Bernal Díaz del Castillo décrit les merveilles de la capitale aztèque Tenochtitlan, notamment le palais des oiseaux, dans l'une des résidences de l'empereur Montezuma.

Laissons cela et allons au palais des oiseaux. Je m'y attacherai à énumérer leurs espèces et les propriétés de chacune d'elles. Je dirai donc que, depuis les grands aigles royaux, les aigles d'une taille moindre et beaucoup d'autres oiseaux de grandeur considérable jusqu'aux espèces les plus petites, ornées de plumages aux couleurs variées, on voyait tout réuni dans ce palais. On y admirait aussi la fabrique de ces riches étoffes, brodées de plumes vertes, en même temps que les oiseaux qui les fournissent et dont le corps représente à peu près les pics de notre Espagne. On les appelle *quezales* dans ces contrées. Je vis encore d'autres oiseaux, dont j'ignore le nom, qui présentent un plumage de cinq couleurs : vert, rouge, blanc, jaune et bleu. Quant aux perroquets, aux nuances très variées, il y en avait tant que je ne saurais dire comment on les appelle. […] Dans ce palais, il y avait aussi un grand étang d'eau douce où l'on voyait une sorte d'oiseau à jambes très allongées, dont le corps, les ailes et la queue étaient de couleur rouge. Je ne sais pas son nom, mais dans l'île de Cuba on appelle *ipiris* une espèce qui lui ressemble. Sur cet étang, il y avait encore d'autres volatiles qui étaient toujours dans l'eau.

Bernal Díaz del Castillo,
La Conquête du Mexique, traduit de l'espagnol par D. Jourdanet

« La chose la plus terrible et la plus épouvantable qui se puisse imaginer »

Voici l'extrait d'une lettre de Hernán Cortés à Charles Quint.

La population qui occupe le pays, de l'île de Cozumel et la pointe du Yucatan à l'endroit où nous sommes, appartient à une race de taille moyenne, de corps bien proportionné, avec cette particularité, que dans chaque province ils modifient eux-mêmes leurs physionomies ; les uns se perçant les oreilles pour y mettre de grands et vilains objets, d'autres se perforant les cartilages du nez pour y introduire de grandes pierres rondes qui paraissent des miroirs, et d'autres se perçant la lèvre inférieure jusqu'aux dents, pour y pendre de grandes roues d'or ou des pierres si lourdes qu'elles leur font des lèvres tombantes qui les rendent absolument difformes.

Leurs vêtements sont faits d'une espèce d'étoffe de gaze couverte de peintures [...].

Leurs vivres se composent de maïs, de quelques autres grains comme ceux des îles, et de la yuca[39] que nous consommons à l'île de Cuba et qu'ils mangent rôtie, ne sachant pas en faire du pain ; ils ont leurs pêcheries et leurs chasses, ils élèvent beaucoup de poules comme celles de la terre ferme, et qui sont grosses comme des paons[40].

Il y a de grands villages fort bien construits ; là où les pierres abondent, les maisons sont en pierre, reliées en chaux et en mortier ; les chambres y sont petites, basses, dans le genre mauresque. [...]

Il y a des maisons de caciques[41] fort belles et contenant de nombreuses chambres ; nous avons vu plus de cinq grandes cours dans l'intérieur d'une seule habitation, avec ses appartements fort bien distribués, chacun y ayant son service particulier. Ils ont à l'intérieur leurs puits et leurs citernes et les demeures de leurs esclaves et de leurs serviteurs, qu'ils ont fort nombreux.

Chez chacun de ces caciques, à l'entrée de leur palais, mais en dehors, il y a une grande cour au milieu de laquelle s'élèvent deux, trois ou quatre édifices très élevés avec escaliers pour en gravir le sommet. Ils sont très bien construits ; ce sont

39. Plante d'Amérique centrale.
40. Il s'agit de dindons.
41. Chefs.

là leurs oratoires[42], temples et autels. Les communs en sont considérables ; c'est là que reposent les idoles[43] qu'ils adorent, les unes de pierre, les autres en terre cuite et les autres en bois. Idoles qu'ils adorent et servent en tant de cérémonies qu'il nous serait difficile d'en faire à Vos Altesses Royales une description complète. Les temples et mosquées où ils tiennent ces idoles sont, petits et grands, admirablement sculptés et il y a des villages où les idoles sont enjolivées de plumes et d'étoffes brodées avec le goût le plus délicat.

Tous les jours, avant de rien entreprendre, ils brûlent dans ces temples de l'encens et offrent leurs personnes mêmes en holocauste[44], les uns se coupant la langue, d'autres les oreilles, et quelques-uns se tailladant le corps à coups de couteaux ; le sang qui s'en échappe, ils l'offrent à ces idoles, le répandant par toutes parties du temple, le jetant parfois vers le ciel et faisant mille cérémonies : de sorte qu'ils n'entreprennent rien sans faire un sacrifice. Ils ont une autre coutume horrible, abominable, bien digne de châtiment et que nous n'avons observée nulle part ; c'est que, chaque fois qu'ils ont quelque chose à demander à leurs idoles, afin qu'elles soient propices à leurs prières, ils prennent des jeunes garçons et des jeunes filles, des hommes et des femmes aussi, dont ils ouvrent la poitrine, dont ils arrachent le cœur et les entrailles qu'ils brûlent devant leurs faux dieux, leur en offrant la fumée en sacrifice. Quelques-uns de nous ont été témoins de ces sacrifices, et ceux qui les ont vus disent que c'est la chose la plus terrible et la plus épouvantable qui se puisse imaginer.

Extrait de Hernán Cortés,
La Conquête du Mexique, traduit de l'espagnol par Désiré Charnay,

42. Lieux destinés à la prière.
43. Représentations de divinités.
44. Sacrifice.

Questions

Repérer et analyser

La description des lieux

1 **a.** Quel ouvrage présente une description de la province du Mexique et de la ville de Tenochtitlan ?

b. Qui en est l'auteur ? Quel rôle a-t-il joué dans la conquête ? Par quel pronom se désigne-t-il (l. 1 à 88) ?

2 Quelle est la particularité géographique du site de Mexico ? Où la ville de Tenochtitlan est-elle située ?

3 Les comparaisons

> Dans les récits de voyage, on trouve de nombreuses comparaisons qui font référence au monde connu du lecteur : l'élément comparé (celui que l'on compare) représente l'élément inconnu et l'élément comparant (celui auquel on compare) renvoit à l'élément connu.

a. Relevez les comparaisons qui renvoient à des lieux ou à des réalités connus des destinataires de l'ouvrage. Quel est le pays de référence ? Justifiez ce choix.

b. Quelle est la taille de la ville ? Comment en sont les rues ?

4 Quel aspect de la ville de Tenochtitlan Cortés présente-t-il dans ce passage ?

5 **a.** L'énumération et le terme générique

> – L'énumération consiste à énoncer une série de termes de même nature grammaticale.
> – Le terme générique est un mot qui désigne un ensemble d'êtres ou de choses (les mots « maison, appartement, chalet, igloo » peuvent se regrouper sous le terme générique d'« habitation »).

Relevez les énumérations (citez quelques termes) et regroupez-les sous leur terme générique. Sont-elles nombreuses ?

b. Identifiez la marque du nombre (singulier ou pluriel).

c. Relevez les termes qui marquent l'abondance et la diversité. Relevez les hyperboles (exagérations). Quelle est l'impression qui se dégage de la ville ?

6 Comment se vendent les marchandises ? Montrez que le marché est surveillé et réglementé.

Le portrait d'un personnage : Montezuma

On trouve dans les récits de voyage des descriptions de personnages importants.

7 Dans quel ouvrage trouve-t-on un portrait de Montezuma ? Qui en est l'auteur ?

8 Relevez les éléments qui composent le portrait de Montezuma et les expressions qui les caractérisent. Quelle image se dégage de lui ?

9 Quels sont les mets qui lui sont servis ? De quelle façon le sont-ils ? L'art de la table est-il raffiné ?

La description d'une curiosité : le palais des oiseaux

10 Qui le pronom « je » désigne-t-il (l. 109) ? Quel est l'effet produit par l'emploi de ce pronom ?

11 Quels sont les différents oiseaux qui se trouvent dans le palais aux oiseaux ? L'auteur du récit est-il en mesure de les nommer tous ?

12 La périphrase

La périphrase consiste à désigne une réalité par une expression de même sens.

Relevez la périphrase qui désigne l'*ipiris*. Pourquoi l'auteur l'utilise-t-il ?

13 Relevez les notations de couleur ainsi que les termes qui expriment l'abondance. Quelle impression l'auteur veut-il exprimer et faire partager à ses lecteurs face à ce qu'il découvre ?

La découverte d'autres peuples

14 Identifiez le genre du dernier extrait. Qui en est l'auteur ? Qui en est le destinataire ?

15 **a.** De quelle région la population décrite est-elle originaire ?
b. Quelles en sont les caractéristiques physiques ? Quels ornements les indigènes portent-ils sur le visage ? Quels vêtements portent-ils ?
c. De quoi se compose leur nourriture ? Caractérisez leur habitat.

16 **a.** À quels rites religieux se livrent-ils ? Relevez le lexique de la violence.
b. Quel jugement Cortés porte-t-il sur ces coutumes ?

Lire et comparer

C'est encore l'obsession de l'or qui conduit Francisco Pizarro (1475-1541) vers les trésors de l'empire inca. Parti avec 180 soldats et une trentaine de chevaux, il parvient en 1532 à Cuzco, la capitale des Incas. Il prend en otage l'empereur Atahualpa, qui paye une rançon faramineuse pour être libéré. Pizzaro accepte l'or, puis fait exécuter l'Inca et anéantit Cuzco. Les Espagnols poursuivent ensuite la conquête des pays voisins : Chili, Bolivie, Colombie… Bientôt, ils s'entre-tuent pour s'emparer de l'or. C'est ainsi que Pizzaro est assassiné par ses compagnons, en 1541.

Les trésors de Cuzco

Dès notre arrivée à Cuzco, nous avons été impressionnés par ses innombrables richesses, par la quantité d'entrepôts remplis de mobilier, de vivre, de coca, et surtout de vêtements, des plus simples aux plus délicats.
Le plus étonnant était la réserve de plumes, notamment des plumes *tornasol*, pareilles à de l'or fin, quelquefois mordorées ; et rangées dans une multitude de malles. […]
Quant aux vêtements, il m'est impossible d'en décrire l'amoncellement : les Indiens en confectionnaient de toutes les façons. Le temps m'a manqué pour tout voir, et l'entendement pour trouver la signification d'une telle profusion. […]
Plus, loin, dans une grotte, on trouva douze flambeaux d'or et d'argent de la facture et la mesure de ces lieux. Il fallait voir leur beauté brute, tout comme l'habileté avec laquelle les artisans avaient ajusté la moitié d'or et la moitié d'argile de leurs jarres, de telle sorte que, remplies d'eau, elles n'en laissaient pas filtrer la moindre goutte. Une masse d'or impressionna beaucoup les Indiens, qui prétendaient y voir l'effigie du premier Inca conquérant de Cuzco. Il y avait aussi des brodequins d'or comme en portent les femmes. Et des langoustes d'or, pareilles à celles que produit la mer, et des coupes d'or, et, sculptés dans l'or brut, des oiseaux, des couleuvres, des araignées, des lézards, bref toutes les petites bêtes qu'ils connaissaient, taillées dans la masse. Toutes ces pièces d'une orfèvrerie très délicate étaient donc entreposées

dans une grotte spacieuse dissimulée sous les rochers, non loin de Cuzco. On apprit que les Indiens eux-mêmes n'avaient pas voulu les enterrer avec les autres trésors de plus grande taille.

Récit de la découverte et de la conquête des royaumes du Pérou (par Pédro Pizarro), Éditions du Félin, 1992.

17 À quelle personne le récit est-il mené ? En quoi se présente-t-il comme un témoignage ?

18 Quelles sont les différentes réalités qui fascinent Pizarro ? Quelle est celle qui l'intéresse le plus ? Appuyez-vous sur les répétitions.

19 **a.** Par quels procédés traduit-il la profusion ?
b. Relevez les termes par lesquels il exprime son admiration.

Se documenter

Les sacrifices humains

Les sacrifices humains étaient une caractéristique essentielle des cultures amérindiennes. Les Aztèques croyaient que les dieux avaient versé leur sang pour créer le monde et s'acquittaient de leur dette envers eux en effectuant des sacrifices humains : ils croyaient que si le sang cessait de couler, le soleil ne se lèverait plus et que le monde cesserait d'exister. Les sacrifiés étaient des prisonniers de guerre. Ils étaient ramenés dans les villes sacrées aztèques et conduits devant les temples situés au sommet des pyramides. Les prêtres effectuaient la mise à mort au moyen d'un couteau d'obsidienne (sorte de silex) avec lequel ils ouvraient la cage thoracique de la victime pour en extraire le cœur à la main. Ils offraient le cœur aux dieux et jetaient le corps au bas des marches de la pyramide.

Un peuple massacré

Le prêtre dominicain Bartolomé de Las Casas, fils d'un compagnon de voyage de Christophe Colomb, dénonce le massacre des Indigènes dans son ouvrage *Brevissima Relacíon de la Destruccíon de las Indías* (« Très brève relation de la destruction des Indes », 1542). Il évalue à douze millions le nombre d'Indiens, hommes, femmes et enfants, victimes de la conquête.

Extraits 14 à 17

Un voyage au Brésil : Léry

Jean de Léry (vers 1534-1613) est un protestant réfugié à Genève. Il partit au Brésil et fit le récit de son voyage dans Histoire d'un voyage fait en la terre du Brésil : *« Mon intention et mon sujet seront, en cette histoire, affirme-t-il au début de son récit, de seulement déclarer ce que j'ai expérimenté, vu, entendu et observé tant sur mer, à l'aller et au retour, que parmi les sauvages Américains, que j'ai fréquentés et parmi lesquels je suis resté environ un an. »*

« Notre biscuit était gâté et moisi »

Léry arrive du côté de l'Équateur.

Le comble de notre malheur sous cette zone brûlante fut qu'à cause des grandes et continuelles pluies, qui avaient pénétré jusque dans la soute, notre biscuit était gâté et moisi ; outre que chacun n'en avait que bien peu, encore nous le fallait-il non seulement ainsi manger pourri, mais aussi sous peine de mourir de faim, et sans rien en jeter, nous avalions autant de vers (qui en constituaient la moitié) que nous faisions de miettes. De plus nos eaux douces étaient si altérées, et pareillement si pleines de vers, que rien qu'en les tirant des récipients où on les tient en mer, il n'y avait si courageux qu'il n'en crachât[45] ; mais, ce qui était bien pire, quand on en buvait, il fallait tenir la tasse d'une main et, à cause de la puanteur, boucher le nez de l'autre.

Extrait du chapitre IV.

45. Aucun n'était assez courageux pour ne pas la cracher.

« Une bête qu'ils appellent *tapiroussou* »

Léry décrit les animaux du Brésil.

J'avertirai en un mot, au commencement de ce chapitre que pour ce qui est des animaux à quatre pattes, non seulement en général, mais sans exception, il ne s'en trouve pas un seul en cette terre du Brésil américain, qui soit tout à fait semblable aux nôtres, mais aussi que nos *Toüoupinambaoults*[46] n'en nourrissent que bien rarement de domestiques. Pour donc décrire les bêtes sauvages de leur pays, genre nommé par eux *soò*, je commencerai par celles qui sont bonnes à manger. La première et la plus commune est une bête qu'ils appellent *tapiroussou*[47], qui ayant le poil rougeâtre et assez long est presque

***Tapir tué par des indiens du Brésil*, gravure (1874).**

46. Nom donné aux habitants de la terre du Brésil.

47. Tapir.

de la grandeur, grosseur et forme d'une vache ; toutefois comme elle ne porte point de cornes, qu'elle a le cou plus court, les oreilles plus longues et pendantes, les jambes plus sèches et délicates, le pied non fendu, au contraire de la forme même de celui de l'âne, on peut dire que participant de l'un et de l'autre elle est moitié vache et moitié âne.

[…] N'ayant nulle défense que la fuite, elle n'est nullement dangereuse. Les sauvages la tuent, comme plusieurs autres, à coups de flèches ; ou la prennent à des chausse-trappes[48] et autres pièges qu'ils font assez habilement.

Du reste cet animal, à cause de sa peau est merveilleusement estimé d'eux, car quand ils l'écorchent, coupant en rond tout le cuir du dos, après qu'il est bien sec, ils en font des rondelles aussi grandes que le fond d'un tonneau moyen, qui leur servent à résister aux jets de flèches de leurs ennemis quand ils vont en guerre. Et, de fait, cette peau ainsi séchée et préparée est si dure, que je ne crois pas qu'il y ait flèche, si violemment décochée soit-elle, qui la puisse percer. […]

Concernant la chair de ce *tapiroussou*, elle a presque le même goût que celle de bœuf, mais pour ce qui est de la cuisson et de la préparation, nos sauvages, à leur mode, la font habituellement *boucaner*. Et parce que j'ai déjà employé avant, et qu'il faudra que j'emploie souvent par la suite ce terme de *boucaner*, afin de ne plus tenir le lecteur en suspens, et parce que l'occasion se présente ici maintenant bien à propos, je veux expliquer ce que c'est.

Nos Américains donc, fichant[49] assez profond en terre quatre fourches de bois, aussi grosses que le bras, en carré, distantes d'environ trois pieds[50], et également élevées en hauteur de deux et demi[51], mettant sur celles-ci des bâtons en travers,

48. Trou recouvert, cachant un piège.
49. Plantant.
50. Environ 1 m.
51. Environ 81 cm.

à un pouce[52] ou deux doigts l'un près de l'autre, font de cette façon une grille de bois qu'ils appellent *boucan*. Si bien qu'en ayant plusieurs plantés dans leurs maisons, ceux d'entre eux qui ont de la viande, la mettent dessus morceau par morceau, et avec du bois bien sec, qui ne rend pas beaucoup de fumée, faisant un petit feu lent dessous, en la tournant et retournant chaque demi quart d'heure, ils la laissent cuire ainsi autant de temps qu'il leur plaît. Et même parce qu'ils ne salent pas leurs viandes pour les garder, comme nous faisons chez nous, ils n'ont d'autre moyen de les conserver que de les faire cuire, s'ils ont pris en un jour trente bêtes fauves, [...] afin d'éviter qu'elles n'empuantissent, elles seront immédiatement toutes mises en morceaux sur le *boucan* ; de manière que comme je l'ai dit, les tournant et retournant souvent dessus, ils les y laisseront quelquefois plus de vingt-quatre heures, et jusqu'à ce que le milieu et ce qui touche aux os soit aussi cuit que le dehors.

Extrait du chapitre X.

« Les oiseaux d'Amérique »

Entre autres, il y en a deux de même grandeur, ou peu s'en faut, à savoir plus gros qu'un corbeau, qui ainsi presque que tous les oiseaux d'Amérique ont les pieds et becs crochus comme les perroquets, au nombre desquels on pourrait les mettre. Mais quant au plumage (comme vous en jugerez vous-même après l'avoir entendu) je ne crois pas qu'en tout le monde universel il puisse se trouver d'oiseaux de plus admirable beauté ; aussi en les considérant il y a bien de quoi, non pas magnifier la nature comme font les profanes, mais leur excellent et admirable Créateur.

52. Environ 3 cm.

Pour donc en faire la preuve, le premier que les sauvages appellent *arat*, ayant les plumes des ailes et celles de la queue, qu'il a longue d'un pied et demi[53], pour moitié aussi rouges que de l'écarlate fine, et pour l'autre moitié (la tige au milieu de chaque plume séparant toujours les couleurs opposées des deux côtés) de couleur bleu céleste aussi étincelante que la plus fine étoffe qui se puisse voir, et de plus tout le reste du corps azuré, quand cet oiseau est au soleil où il se tient habituellement, il n'y a œil qui se puisse lasser de le regarder.

L'autre nommé *canidé*, ayant tout le plumage sous le ventre et à l'entour du cou aussi jaune que de l'or fin, le dessus du dos, les ailes et la queue, d'un bleu si pur qu'il n'est pas possible de l'être plus, ayant l'impression qu'il est vêtu d'une toile d'or par-dessous, et vêtu d'un manteau aux motifs de damas[54] violet par-dessus, on est ravi d'une telle beauté.

Extrait du chapitre XI.

« Le plus excellent fruit de l'Amérique »

Après avoir décrit les animaux, Léry évoque les fruits du Brésil.

Quant aux plantes et herbes dont je veux aussi faire mention je commencerai par celles qui, à cause de leurs fruits et de leurs effets me semblent les plus excellentes. Premièrement, la plante qui produit le fruit nommé par les sauvages *ananas,* est de forme semblable aux glaïeuls[55], et encore ayant les feuilles un peu courbées et cannelées[56] tout autour, elles s'approchent plus de celles de l'aloès[57]. Elle croît aussi non seulement amoncelée comme un grand chardon, mais son fruit aussi, qui est

53. Environ 50 cm.
54. Motifs brillants sur fond mat.
55. Plantes à feuilles en forme de glaive (épée) et à grandes fleurs décoratives.
56. Comportant des sillons.
57. Plante grasse aux feuilles charnues et très pointues.

de la grosseur d'un melon moyen, et ressemble à une pomme de pin, sans pendre ni pencher d'un côté ni de l'autre, pousse comme nos artichauts.

Et du reste, quand ces *ananas* sont venus à maturité, étant de couleur jaune azuré, ils ont une telle odeur de framboise, que non seulement en allant par les bois et les autres lieux où ils croissent, on les sent de fort loin, mais aussi leur goût fondant dans la bouche est naturellement si doux qu'il n'y a confiture de ce pays qui les surpasse : je soutiens que c'est le plus excellent fruit de l'Amérique.

Extrait du chapitre XIII.

Ananas du Brésil **(1634), aquarelle de Zacharias Wagner (1614-1668), Dresde, Staatliches Kupferstichkabinett.**

Repérer et analyser

L'énonciation

1 Montrez que l'auteur témoigne d'une expérience vécue. Appuyez-vous sur la personne à laquelle le récit est mené et sur les temps utilisés.

Les conditions du voyage

2 Quels ont été les problèmes de nourriture et d'eau qui se sont posés au cours du voyage ? Dans quelle région du monde l'auteur du récit se trouvait-il lorsqu'il a rencontré ces problèmes ? Quel en est le climat ? Comment l'auteur réussit-il à susciter le dégoût chez son lecteur ?

La description de l'ailleurs : flore, faune, mode de vie

Pour décrire des réalités qu'il ne sait pas nommer, l'auteur du récit de voyages peut utiliser des comparaisons (introduites par « comme », « semblable à », « ressembler »…), des périphrases (expressions), des tournures négatives ou des oppositions (« n'est pas », « diffère »), des rapprochements approximatifs (« presque semblable », « se rapproche de », « faire penser à »…), et recourir au nom « indigène ».

3 **a.** Quel est le pays décrit ? Quels animaux l'auteur découvre-t-il ? Quel nom leur donne-t-il ?
b. Avec quels animaux connus du lecteur effectue-t-il des rapprochements ou des comparaisons ? Quelles ressemblances et quelles différences note-t-il entre les animaux évoqués ?
4 **a.** Quelle utilisation les sauvages font-ils de la peau du tapiroussou ?
b. Les sauvages font boucaner leur viande. En quoi cela consiste-t-il ?
5 **a.** Relevez l'expression par laquelle l'auteur désigne la plante qu'il décrit (extrait 17, p. 84). Quel est le nom indigène donné à cette plante ? Pour quelle raison l'auteur le reprend-il ?
b. Relevez les comparaisons et les rapprochements effectués avec d'autres végétaux connus des lecteurs. Quel est l'aspect de cette plante ?
c. Quels sont la couleur, le goût, le parfum du fruit ? Relevez les hyperboles. Quelle image l'auteur donne-t-il de ce fruit ?

Extraits 18 à 20

Les expéditions scientifiques : Humboldt et Bonpland

Le XVIII*e siècle est le siècle des Lumières : les scientifiques, poussés par le désir de savoir, approfondissent leurs connaissances de façon spectaculaire. L'Allemand Alexander von Humboldt (qui écrit en français,) accompagné du botaniste français Aimé Bonpland, s'embarque pour l'empire espagnol des Amériques. Pendant cinq ans, ils traversent le Venezuela, la Colombie, l'Équateur, le Pérou, le Mexique et Cuba.*

Munis des instruments les plus sophistiqués (thermomètre, baromètre, boussole...), ils mesurent les coordonnées des lieux, des villes, des cours d'eau et effectuent des recherches de botanique. Six mille nouvelles espèces de plantes sont décrites, qui viennent enrichir de huit pour cent l'herbier mondial.

« Aucun autre poisson n'est plus avide de sang »

Humboldt et Bonpland quittent San Fernando de Apure au Venezuela.

Le 3 avril. Depuis notre départ de San Fernando, nous n'avons pas rencontré un seul canot sur cette belle rivière[58]. Tout annonce la plus profonde solitude. Nos Indiens avaient pris, dans la matinée, au hameçon, le poisson que l'on désigne dans le pays sous le nom de *caribe*[59] ou *caribito*, parce qu'aucun autre poisson n'est plus avide de sang. Il attaque les baigneurs et les nageurs auxquels il emporte souvent des

58. Il s'agit de l'Apure, affluent de l'Orénoque.

59. De *Caraïbe* signifiant « guerrier ». Les habitants des îles Caraïbes étaient anthropophages.

morceaux de chair considérables. Lorsqu'on n'est que légèrement blessé, on a de la peine à sortir de l'eau avant de recevoir les blessures les plus graves. Les Indiens craignent prodigieusement les poissons caribes, et plusieurs d'entre eux nous ont montré, au mollet et à la cuisse, des plaies cicatrisées, mais très profondes, faites par ces petits animaux, que les Maypures appellent *umati*. Ils vivent au fond des rivières ; mais, dès que quelques gouttes de sang ont été répandues dans l'eau, ils arrivent par milliers à la surface. Lorsqu'on réfléchit sur le nombre de ces poissons, dont les plus voraces et les plus cruels n'ont que quatre à cinq pouces[60] de long, sur la forme triangulaire de leurs dents tranchantes et pointues et sur l'ampleur de leur bouche rétractile, on ne doit pas être surpris de la crainte que le caribe inspire aux habitants des rives de l'Apure et de l'Orénoque. Dans des endroits où la rivière était très limpide et où aucun poisson ne se montrait, nous avons jeté dans l'eau de petits morceaux de chair couverts de sang. En peu de minutes une nuée de caribes est venue se disputer la proie. Ce poisson a le ventre tranchant et dentelé en scie, caractère que l'on retrouve dans plusieurs genres, les *serra-salmes*, les *myletes* et les *pristigastres*. La présence d'une seconde nageoire dorsale adipeuse et la forme des dents couvertes par les lèvres, éloignées les unes des autres, et plus grandes dans la mâchoire inférieure, placent le *Caribe* parmi les serra-salmes. Il a la bouche beaucoup plus fendue que les myletes de M. Cuvier[61]. Son corps est vers le dos d'une couleur cendrée, tirant sur le vert ; mais le ventre, les opercules, les nageoires pectorales, ventrales et anales sont d'un bel orange. On compte à l'Orénoque trois espèces (ou variétés ?), que l'on distingue par leur grandeur. La moyenne, ou intermédiaire, paraît

60. 10 à 12 cm.
61. Georges Cuvier (1769-1832), naturaliste français, a posé les bases des classifications actuelles des grands groupes d'animaux.

identique avec l'espèce moyenne du Piraya ou Piranha de Marcgrav. Je l'ai décrite et dessinée sur les lieux. Le caribito est d'un goût très agréable. Comme on n'ose se baigner partout où il se trouve, on peut le regarder comme un des plus grands fléaux de ces climats, dans lesquels la piqûre des *mosquitos*[62] et l'irritation de la peau rendent l'usage des bains si nécessaire.

« Nous jetâmes l'ancre au Rio Sinu »

Après un séjour à Cuba, Alexandre de Humboldt se trouve à Carthagène des Indes, sur la côte de la Nouvelle-Grenade (la Colombie actuelle). Il écrit alors à son frère Guillaume.

Carthagène des Indes, 1er avril 1801

Si tu as reçu ma dernière lettre de La Havane, mon cher frère, tu dois savoir que j'ai modifié mon plan initial et qu'au lieu d'aller dans l'Amérique du Nord à Mexico je suis revenu aux côtes méridionales du golfe du Mexique pour voyager de là vers Quito et Lima. Il serait trop long de t'expliquer toutes les raisons qui m'y ont décidé [...].

Je partis le 8 mars de Batabano, sur la côte sud de l'île de Cuba, dans un très petit navire de vingt tonneaux[63] à peine. Comme nous manquions d'eau, nous entrâmes dans le port de Trinidad à l'extrémité orientale de l'île et nous y passâmes deux jours agréables dans une belle et romantique région. De là nous descendîmes à Carthagène seulement le 30 mars. Habituellement cette traversée ne dure que six à huit jours ; mais nous avions un calme presque ininterrompu ou un vent faible. Le courant marin et l'incrédulité du capitaine qui n'avait pas confiance en mon chronomètre nous emportèrent trop loin à l'ouest. [...] Nous dûmes alors remonter le long des

62. Moustiques.
63. Unité de volume utilisée pour déterminer la capacité des navires valant, 2,93 mètres cubes (20 tonneaux = 56 m^3).

côtes pendant huit jours, ce qui par le vent d'est qui souffle d'ordinaire constamment en tempête était aussi difficile que dangereux. Nous jetâmes l'ancre au Rio Sinu et nous herborisâmes[64] durant deux jours sur ses rives qu'aucun observateur n'a certainement jamais foulées. Nous trouvâmes une nature magnifique, riche en palmiers, mais sauvage, et nous récoltâmes un nombre considérable de plantes nouvelles. L'embouchure de la rivière (elle se jette entre le Rio Atrato et le Rio de la Magdalena) est large de près de deux milles et se trouve pleine de crocodiles. Nous y vîmes les Indiens Dariens : petits, épaules larges, déprimés[65] et en général le contraire des Caraïbes ; mais assez blancs et plus gras, plus musclés, plus replets que les Indiens que j'ai vus jusqu'à présent. Ils vivent sans contrainte et dans l'indépendance.

Tu vois ainsi que, si notre voyage a été également long et difficile, il nous a offert cependant maints objets intéressants. [...]

« Mon baromètre avait été brisé... »

Humboldt raconte un incident qui lui est arrivé à Mahates, en Colombie.

Nous attendîmes presque tout le jour, dans le misérable village de Mahates, les bêtes de somme qui devaient transporter nos effets à l'embarcadère du Rio Magdalena. Il faisait une chaleur affreuse ; car, dans cette saison, on ne sent presque pas un souffle de vent. Nous restâmes tristement étendus par terre sur la grande place ; mon baromètre avait été brisé, c'était le seul qui me restait alors. Je m'étais bercé de l'espoir de pouvoir mesurer la pente de la rivière, tout en déterminant la vitesse du courant et la position des lieux par des observations

64. Recueillîmes des plantes.

65. Faibles.

astronomiques. Il n'y a que les voyageurs qui puissent sentir ce qu'il y a de pénible dans un pareil accident, qui s'est répété pour moi si souvent dans les Andes, au Mexique, dans le nord de l'Asie, et toujours avec un sentiment de douleur également vif. De tous les instruments dont un voyageur doit être muni, le baromètre est celui qui, malgré tous ses perfectionnements, cause encore le plus d'embarras et de chagrin. Il n'y a que les chronomètres qui, changeant quelquefois subitement leur marche, sans qu'on puisse en deviner la cause, font naître les mêmes plaintes. En effet, lorsque, chargé d'instruments de physique et d'astronomie, on a terminé des voyages de quelques milliers de lieues à travers les continents, on est tenté de dire, à la fin de sa carrière : heureux ceux qui voyagent sans instruments qui se brisent, sans herbiers exposés à se mouiller, sans collections d'animaux qui se dégradent ; heureux ceux qui parcourent le monde pour le voir de leurs yeux, tâcher de le comprendre, recueillir les douces émotions que fait naître l'aspect de la nature, dont les jouissances, plus simples, sont aussi plus calmes et moins sujettes à être troublées.

Nous vîmes entre les mains des indigènes plusieurs belles espèces de grands aras (*guacamayos*) qu'ils avaient tués, dans la forêt voisine, pour les manger. Nous nous mîmes à disséquer les cerveaux volumineux de ces oiseaux, bien moins intelligents que les perroquets. Je dessinais les parties à mesure que M. Bonpland les mettait à nu ; j'examinais l'os hyoïde et le larynx inférieur de ces belles espèces, qui articulent bien difficilement des sons, et dont la voix est si rauque. C'était un genre de recherches sur lesquelles M. Cuvier avait tout récemment fixé l'attention des anatomistes, et qui avaient eu beaucoup d'attrait pour moi. Je commençai à me consoler de la perte de mon baromètre.

Extraits d'Alexandre de Humboldt,
Voyages dans l'Amérique équinoxiale.

Questions

Repérer et analyser

La description de la faune

1 **a.** Dans quelle région du monde et dans quelle rivière Humboldt et Bonpland ont-ils vu des poissons caribes ? Quelle est l'origine de ce mot ? Appuyez-vous sur la note 59 p. 87.
b. Quel autre nom les Indiens Maypures donnent-ils à ces poissons ? Quel est le nom de l'espèce moyenne ?

2 **a.** Relevez des expressions précises par lesquelles Humboldt décrit ce poisson. Montrez que cette description est réalisée par un scientifique. Appuyez-vous notamment sur les précisions chiffrées, le lexique. Humboldt fait-il des croquis ?
b. La chair de ces poissons est-elle bonne à manger ?

3 **a.** De quoi ces poissons se nourrissent-ils ? À quelle expérience Humboldt et ses amis se livrent-ils ? Quel en est le résultat ? Quelles parties de son corps montrent que ce poisson est un prédateur ?
b. En quoi ces poissons constituent-ils un fléau ? Leur taille est-elle en rapport avec leur voracité ?

Les conditions de navigation et la démarche scientifique

4 **a.** « Tu vois » (l. 75) : à qui Humboldt s'adresse-t-il ? Où se trouve-t-il le 8 mars puis le 1er avril 1801 ? Quelle est sa destination ?
b. Quels sont les différents facteurs qui peuvent perturber le cours d'un voyage en mer ?

5 À quelles activités Humboldt et Bonpland se livrent-ils au Rio Sinu ? En quoi se comportent-ils en scientifiques ?

6 **a.** Quels sont les deux instruments qui figurent parmi les plus précieux pour les scientifiques ? À quoi servent-ils ? Quels types de dommages ces instruments peuvent-ils subir ?
b. Quels sentiments Humboldt éprouve-t-il lorsqu'il casse son baromètre ? Citez le texte.
À quelle expérience Humboldt et Bonpland se livrent-ils avec les aras ? En quoi adoptent-ils une démarche scientifique ?

7 Humboldt dit envier les voyageurs non scientifiques. Pourquoi ? En quoi cela témoigne-t-il d'un peu d'ironie ?

Troisième partie

Les explorateurs du Pacifique et de l'Océanie

Portrait d'un chef Maori de la Nouvelle Zélande au visage tatoué, planche tirée de « A Journal of a Voyage to the South Seas… », illustré par J. Chambers (1773), Dresde, Staatliches Kupferstichkabinett.

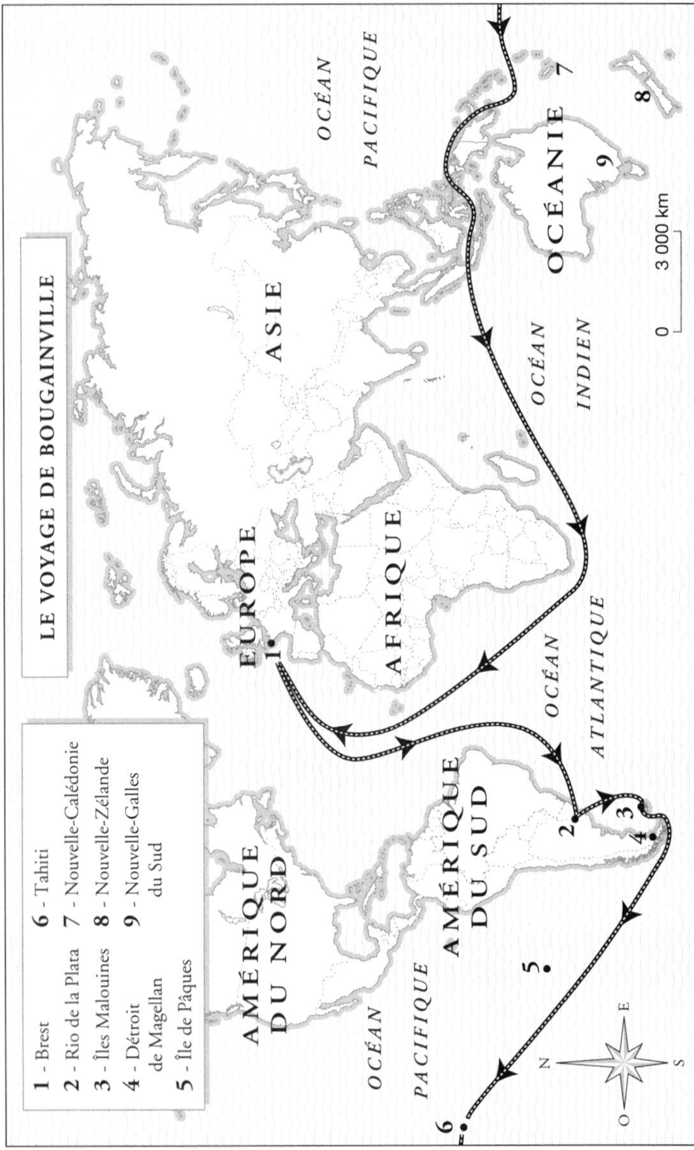
LE VOYAGE DE BOUGAINVILLE
1 - Brest
2 - Rio de la Plata
3 - Îles Malouines
4 - Détroit de Magellan
5 - Île de Pâques
6 - Tahiti
7 - Nouvelle-Calédonie
8 - Nouvelle-Zélande
9 - Nouvelle-Galles du Sud
AMÉRIQUE DU NORD
AMÉRIQUE DU SUD
EUROPE
ASIE
AFRIQUE
OCÉANIE
OCÉAN PACIFIQUE
OCÉAN ATLANTIQUE
OCÉAN INDIEN
OCÉAN PACIFIQUE
0 3 000 km
N
S
E
O

Extrait 1

Les voyages de Bougainville (1)

Bougainville a effectué un voyage autour du monde (1766-1769), le premier de ce genre qu'eût entreprit un Français. Il partit de Brest le 15 décembre 1766, à bord de la frégate La Boudeuse *et d'un navire de charge (*L'Étoile*), accompagné d'un naturaliste et d'un dessinateur. Tout au long de son voyage, Bougainville a tenu un journal de bord. C'est à partir des notes consignées dans ses cahiers qu'il a rédigé son récit, qui garde certaines traces de la forme initiale du journal.*

« Trois espèces de pingouins »

La Boudeuse *arrive à Buenos Aires puis effectue la traversée jusqu'aux Malouines.*

Parmi les oiseaux à pieds palmés, le cygne tient le premier rang. Il ne diffère de ceux d'Europe que par son col d'un noir velouté, qui fait une admirable opposition avec la blancheur du reste de son corps, ses pattes sont couleur de chair. Cette espèce de cygne se trouve aussi dans la rivière de la Plata et au détroit de Magellan. [...]

On distingua trois espèces de pingouins ; la première, remarquable par sa taille et la beauté de son plumage, ne vit point par famille comme la seconde, qui est la même que celle décrite dans le *Voyage* du Lord Anson[1]. Ce pingouin de la première classe aime la solitude et les endroits écartés. Son bec plus long et plus délié que celui des pingouins de la seconde espèce,

1. George Anson a publié en 1748 le récit de son *Voyage autour du monde fait dans les années 1740.*

les plumes de son dos d'un bleu plus clair, son ventre d'une blancheur éblouissante, une palatine jonquille qui part de la tête et va terminer les nuances du blanc et du bleu pour se réunir ensuite sur l'estomac, son col très long quand il chante, son allure très légère, lui donnent un air de noblesse et de magnificence singulière. On espéra de pouvoir en transporter un en Europe. Il s'apprivoisa facilement jusqu'à suivre et connaître celui qui était chargé de le nourrir, mangeant indifféremment le pain, la viande et le poisson : mais on s'aperçut que cette nourriture ne lui suffisait pas et qu'il absorbait sa graisse ; aussitôt qu'il fut maigri à un certain point, il mourut. La troisième espèce habite par famille comme la seconde sur de hauts rochers dont elle partage le terrain avec les becs-scies[2] ; ils y pondent aussi. Les caractères qui les distinguent des deux autres sont leur petitesse, leur couleur fauve, un toupet de plumes[3] de couleur d'or, plus courtes que celles des aigrettes[4], et qu'ils relèvent lorsqu'ils sont irrités, et enfin d'autres petites plumes de même couleur qui leur servent de sourcils ; on les nomma *pingouins sauteurs* : en effet ils ne se transportent que par sauts et par bonds. Cette espèce a dans toute sa contenance plus de vivacité que les deux autres.

[...] Nous n'avons pas pu reconnaître une grande quantité d'espèces de poissons. Nous nommâmes celui que nous pêchions le plus communément *muge* ou *mulet*, auquel il ressemble assez. Il s'en trouve de trois pieds[5] de longueur, qu'on séchait. Le gradeau est aussi très commun ; il y en a de plus d'un pied de long. La sardine ne monte qu'au commencement de l'hiver. [...] Indépendamment de ces espèces, on en prenait à la ligne une infinité d'autres, mais fort petits, parmi lesquels il s'en trouvait

2. Sortes de canard.
3. Faisceau de plumes relevées sur la tête.
4. Sortes de héron.
5. Unité de mesure anglo-saxonne valant 0,3048 mètre (3 pieds = 91 cm).

un qu'on nomma *brochet transparent*. Il a la tête de ce poisson, le corps sans écailles, et absolument diaphane[6]. On trouve aussi quelques congres sur les roches ; et le marsouin blanc ou taupe se montre dans les baies pendant la belle saison. [...]

Quant aux crustacés, on n'en a distingué que trois espèces fort petites, l'écrevisse rouge, même avant que d'être cuite, c'est plutôt une salicoque[7] ; le crabe à pattes bleues qui ressemble assez au tourlourou, et une espèce de chevrette[8] très petite. On ne ramassait que pour les curieux ces trois sortes de crustacés, ainsi que les moules et autres coquillages qui n'ont pas le goût aussi fin que ceux de France.

Louis-Antoine de Bougainville,
Voyage autour du monde.
Extraits de la première partie, chapitre IV.

***Louis Antoine de Bougainville abordant les îles des Marquises à Tahiti, le 6 avril 1758*, gravure extraite de « Histoire générale de la Marine » par Van Tenac (1850).**

6. Translucide. **7.** Crevette. **8.** Écrevisse.

Questions

Repérer et analyser

L'énonciation

1 Qui le pronom « nous » (l. 34-35) désigne-t-il ? Dans quelle partie du monde Bougainville se trouve-t-il ?

La découverte de la faune

2 La description que Bougainville donne des cygnes est-elle méliorative ? En quoi ces cygnes diffèrent-ils de ceux d'Europe ?

3 **a.** Relevez les mots et expressions qui caractérisent chacune des espèces de pingouins que Bougainville a découvertes. Qu'est-ce qui différencie chacune d'elles ?
b. En quoi présente-t-il la première espèce comme particulièrement séduisante ?

4 Le pingouin peut-il s'apprivoiser facilement ? Pour quelle raison Bougainville n'a-t-il pu réussir à apporter un pingouin en Europe ?

5 **a.** Quels sont les différents poissons que Bougainville a eu l'occasion de voir ?
b. Peut-il les nommer tous ? Sur quel principe son équipe et lui leur donnent-ils un nom ?

6 **a.** Quelles sont les trois espèces de crustacés dont Bougainville fait mention ? Relevez les trois mots ou expressions qui les caractérisent.
b. Quelle différence constate-il par rapport aux crustacés que l'on consomme en France ?

Étudier la langue

7 **a.** Relevez les différentes expansions du nom « oiseau » (adjectif, proposition subordonnée relative, groupe nominal) dans les expressions suivantes : « **un oiseau** bleu dont le ventre était blanc »/« un oiseau bleu au ventre blanc et au bec crochu ».
b. Construisez sur ce modèle plusieurs expansions pour caractériser un autre oiseau ou un poisson exotique, un crabe, un papillon…

Extrait 2

Les voyages de Bougainville (2)

« Je me croyais transporté dans le jardin d'Éden »

Au début du mois d'avril 1768, Bougainville arrive à Tahiti qui venait d'être découverte par l'anglais Wallis.

Je me croyais transporté dans le jardin d'Éden ; nous parcourions une plaine de gazon, couverte de beaux arbres fruitiers et coupée de petites rivières qui entretiennent une fraîcheur délicieuse, sans aucun des inconvénients qu'entraîne l'humidité. Un peuple nombreux y jouit des trésors que la nature verse à pleines mains sur lui. Nous trouvions des troupes d'hommes et de femmes assises à l'ombre des vergers ; tous nous saluaient avec amitié ; ceux que nous rencontrions dans les chemins se rangeaient à côté pour nous laisser passer ; partout nous voyions régner l'hospitalité, le repos, une joie douce et toutes les apparences du bonheur.

[...] La hauteur des montagnes, qui occupent tout l'intérieur de Taiti, est surprenante, eu égard à l'étendue de l'île. Loin d'en rendre l'aspect triste et sauvage, elles servent à l'embellir en variant à chaque pas les points de vue et présentant de riches paysages couverts des plus riches productions de la nature, avec ce désordre dont l'art ne sut jamais imiter l'agrément. De là sortent une infinité de petites rivières qui fertilisent le pays et ne servent pas moins à la commodité des habitants qu'à l'ornement des campagnes. Tout le plat pays, depuis les bords de la mer jusqu'aux montagnes, est consacré aux arbres fruitiers, sous lesquels, comme je l'ai déjà dit, sont bâties les maisons des Taitiens, dispersées sans aucun ordre et sans former jamais de village ; on croit être dans les champs

Élysées[9]. Des sentiers publics, pratiqués avec intelligence et soigneusement entretenus, rendent partout les communications faciles.

Les principales productions de l'île sont le coco, la banane, le fruit à pain[10], l'igname[11], le curassol, le giraumon[12] et plusieurs autres racines et fruits particuliers au pays, beaucoup de cannes à sucre qu'on ne cultive point, une espèce d'indigo sauvage, une très belle teinture rouge et une jaune ; j'ignore d'où on les tire. En général M. de Commerçon[13] y a trouvé la botanique des Indes. Aotourou[14], pendant qu'il a été avec nous, a reconnu et nommé plusieurs de nos fruits et de nos légumes, ainsi qu'un assez grand nombre de plantes que les curieux cultivent dans les serres chaudes. Le bois propre à travailler croît dans les montagnes, et les insulaires[15] en font peu d'usage. Ils ne l'emploient que pour leurs grandes pirogues, qu'ils construisent de bois de cèdre. Nous leur avons aussi vu des piques d'un bois noir, dur et pesant, qui ressemble au bois de fer. Ils se servent pour bâtir les pirogues ordinaires de l'arbre qui porte le fruit à pain. C'est un bois qui ne se fend point, mais il est si mol et si plein de gomme, qu'il ne fait que se mâcher sous l'outil.

Au reste, quoique cette île soit remplie de très hautes montagnes, la quantité d'arbres et de plantes dont elles sont partout couvertes ne semble pas annoncer que leur sein renferme des mines. Il est du moins certain que les insulaires ne connaissent point les métaux. Ils donnent à tous ceux que

9. Dans la mythologie grecque, lieu idyllique où reposent les âmes vertueuses.

10. Fruit farineux qui pouvait servir à faire de la farine.

11. Plante grimpante à gros tubercules utilisés pour l'alimentation.

12. Le curassol et le giraumon sont des sortes de courges.

13. Philibert Commerçon : médecin, botaniste et naturaliste né en 1727, compagnon de route de Bougainville. Au Brésil, il découvrit la fleur qu'il nomma plus tard *bougainvillée*.

14. Jeune Tahitien qui a demandé à embarquer pendant un temps à bord de *L'Étoile*.

15. Personnes qui habitent une île.

nous leur avons montrés le même nom d'*aouri*, dont ils se servaient pour nous demander du fer. Mais cette connaissance du fer, d'où leur vient-elle ? Je dirai bientôt ce que je pense à cet égard. Je ne connais ici qu'un seul article de commerce riche, ce sont de très belles perles. Les principaux[16] en font porter aux oreilles à leurs femmes et à leurs enfants ; mais ils les ont tenues cachées pendant notre séjour chez eux. Ils font avec les écailles de ces huîtres perlières des espèces de castagnettes qui sont un de leurs instruments de danse.

Nous n'avons vu d'autres quadrupèdes que des cochons, des chiens d'une espèce petite, mais jolie, et des rats en grande quantité. Les habitants ont des poules domestiques absolument semblables aux nôtres. Nous avons aussi vu des tourterelles vertes charmantes, de gros pigeons d'un beau plumage bleu de roi et d'un très bon goût, et des perruches fort petites, mais fort singulières par le mélange de bleu et de rouge qui colorie leurs plumes. Ils ne nourrissent leurs cochons et leurs volailles qu'avec des bananes. Entre ce qui en a été consommé dans le séjour à terre et ce qui a été embarqué dans les deux navires, on a troqué plus de huit cents têtes de volailles et près de cent cinquante cochons ; encore, sans les travaux inquiétants des dernières journées, en aurait-on eu beaucoup davantage ; car les habitants en apportaient de jour en jour un plus grand nombre.

Nous n'avons pas éprouvé de grandes chaleurs dans cette île. Pendant notre séjour le thermomètre de Réaumur[17] n'a jamais monté à plus de 22°[18] et il a été quelquefois à 18°[19]. Le soleil, il est vrai, était déjà à 8 ou 9°[20] de l'autre côté de l'équateur. Mais un avantage inestimable de cette île, c'est de

16. Chefs
17. Réaumur a inventé, vers 1730, le thermomètre à alcool. Un degré Réaumur vaut 1,25 degré Celsius (°C).
18. 27,5°C.
19. 22,5°C.
20. 10 ou 11,25°C.

n'y pas être infesté par cette légion odieuse d'insectes qui font le supplice des pays situés entre les tropiques ; nous n'y avons vu non plus aucun animal venimeux. D'ailleurs le climat est si sain, que malgré les travaux forcés que nous y avons faits, quoique nos gens y fussent continuellement dans l'eau et au grand soleil, qu'ils couchassent sur le sol nu et à la belle étoile, personne n'y est tombé malade. Les scorbutiques[21] que nous y avions débarqués, et qui n'y ont pas eu une seule nuit tranquille, y ont repris des forces et s'y sont rétablis en aussi peu de temps, au point que quelques-uns ont été depuis parfaitement guéris à bord. Au reste, la santé et la force des insulaires qui habitent des maisons ouvertes à tous les vents et couvrent à peine de quelques feuillages la terre qui leur sert de lit, l'heureuse vieillesse à laquelle ils parviennent sans aucune incommodité, la finesse de tous leurs sens et la beauté singulière de leurs dents qu'ils conservent dans le plus grand âge, quelles meilleures preuves et de la salubrité[22] de l'air et de la bonté du régime que suivent les habitants ?

Les végétaux et le poisson sont leur principale nourriture ; ils mangent rarement de la viande, les enfants et les jeunes filles n'en mangent jamais, et ce régime sans doute contribue beaucoup à les tenir exempts de presque toutes nos maladies. J'en dirais autant de leurs boissons ; ils n'en connaissent d'autre que l'eau : l'odeur seule du vin et de l'eau-de-vie leur donnait de la répugnance ; ils en témoignaient aussi pour le tabac, les épiceries et en général pour toutes les choses fortes.

Le peuple de Taiti est composé de deux races d'hommes très différentes, qui cependant ont la même langue, les mêmes mœurs et qui paraissent se mêler ensemble sans distinction. La première, et c'est la plus nombreuse, produit des hommes

21. Personnes atteintes du scorbut (voir « Se documenter », p. 111).

22. Bonne qualité.

de la plus grande taille : il est ordinaire d'en voir de six pieds[23] et plus. Je n'ai jamais rencontré d'hommes mieux faits ni mieux proportionnés ; pour peindre Hercule[24] et Mars[25], on ne trouverait nulle part d'aussi beaux modèles. Rien ne distingue leurs traits de ceux des Européens ; et s'ils étaient vêtus, s'ils vivaient moins à l'air et au grand soleil, ils seraient aussi blancs que nous. En général, leurs cheveux sont noirs. La seconde race est d'une taille médiocre, a les cheveux crépus et durs comme du crin, sa couleur et ses traits diffèrent peu de ceux des mulâtres[26]. Le Taitien, qui s'est embarqué avec nous, est de cette seconde race, quoique son père soit chef d'un canton ; mais il possède en intelligence ce qui lui manque du côté de la beauté.

Les uns et les autres se laissent croître la partie inférieure de la barbe ; mais ils ont tous les moustaches et le haut des joues rasés. Ils laissent aussi toute leur longueur aux ongles, excepté à celui du doigt du milieu de la main droite. Quelques-uns se coupent les cheveux très court, d'autres les laissent croître et les portent attachés sur le sommet de la tête. Tous ont l'habitude de se les oindre[27], ainsi que la barbe, avec de l'huile de coco. Je n'ai rencontré qu'un seul homme estropié[28] et qui paraissait l'avoir été par une chute. Notre chirurgien-major m'a assuré qu'il avait vu sur plusieurs les traces de la petite vérole, et j'avais pris toutes les mesures possibles pour que nous ne leur communiquassions pas l'autre, ne pouvant supposer qu'ils en fussent attaqués.

On voit souvent les Taitiens nus, sans autre vêtement qu'une ceinture qui leur couvre les parties naturelles. Cependant les principaux s'enveloppent ordinairement dans une grande pièce

23. Environ 1,80 m.
24. Héros de la mythologie romaine.
25. Dieu de la guerre dans la mythologie romaine.
26. Métis.
27. Frotter avec de l'huile.
28. Infirme.

d'étoffe qu'ils laissent tomber jusqu'aux genoux. C'est aussi là le seul habillement des femmes, et elles savent l'arranger avec assez d'art pour rendre ce simple ajustement susceptible de coquetterie. Comme les Taitiennes ne vont jamais au soleil sans être couvertes, et qu'un petit chapeau de cannes, garni de fleurs, défend leur visage de ses rayons, elles sont beaucoup plus blanches que les hommes. Elles ont les traits assez délicats ; mais ce qui les distingue, c'est la beauté de leurs corps dont les contours n'ont point été défigurés par quinze ans de torture.

Au reste, tandis qu'en Europe les femmes se peignent en rouge les joues, celles de Taiti se peignent d'un bleu foncé les reins et les fesses ; c'est une parure et en même temps une marque de distinction. Les hommes sont soumis à la même mode. Je ne sais comment ils s'impriment ces traits ineffaçables ; je pense que c'est en piquant la peau et y versant le suc de certaines herbes, ainsi que je l'ai vu pratiquer aux indigènes du Canada. Il est à remarquer que de tout temps on a trouvé cette peinture à la mode chez les peuples voisins encore de l'état de nature. [...] Le savant et ingénieux auteur des *Recherches philosophiques sur les Américains*[29] donne pour cause à cet usage général le besoin où on est dans les pays incultes de se garantir ainsi de la piqûre des insectes caustiques qui s'y multiplient au-delà de l'imagination. Cette cause n'existe point à Taiti, puisque, comme nous l'avons dit plus haut, on y est exempt de ces insectes insupportables. L'usage de se peindre y est donc une mode comme à Paris. Un autre usage de Taiti, commun aux hommes et aux femmes, c'est de se percer les oreilles et d'y porter des perles ou des fleurs de toute espèce. La plus grande propreté embellit encore ce peuple

29. En 1768, Corneille Pauw, savant et philosophe néerlandais, publie ses *Recherches philosophiques sur les Américains, ou Mémoires intéressants pour servir à l'histoire de l'espèce humaine*.

aimable. Ils se baignent sans cesse et jamais ils ne mangent ni ne boivent sans se laver avant et après.

Le caractère de la nation nous a paru être doux et bienfaisant. Il ne semble pas qu'il y ait dans l'île aucune guerre civile, aucune haine particulière, quoique le pays soit divisé en petits cantons qui ont chacun leur seigneur indépendant. Il est probable que les Taitiens pratiquent entre eux une bonne foi dont ils ne doutent point. Qu'ils soient chez eux ou non, jour ou nuit, les maisons sont ouvertes.

[...]

La fabrique des étoffes singulières, qui composent leurs vêtements, n'est pas le moindre de leurs arts. Elles sont tissues[30] avec l'écorce d'un arbuste que tous les habitants cultivent autour de leurs maisons. Un morceau de bois dur, équarri et rayé sur ses quatre faces par des traits de différentes grosseurs, leur sert à battre cette écorce sur une planche très unie. Ils y jettent un peu d'eau en la battant, et ils parviennent ainsi à former une étoffe très égale et très fine, de la nature du papier, mais beaucoup plus souple, et moins sujette à être déchirée. Ils lui donnent une grande largeur. Ils en ont de plusieurs sortes, plus ou moins épaisses, mais toutes fabriquées avec la même matière ; j'ignore la méthode dont ils se servent pour les teindre.

Louis-Antoine de Bougainville,
Voyage autour du monde.
Extraits de la seconde partie, chapitres II et III.

30. Tissées.

Questions

Repérer et analyser

Le récit de voyage : un témoignage

1 **a.** Relevez les expressions qui montrent que Bougainville parle de ce qu'il a vu ou vécu.
b. Montrez qu'il avoue aussi ses ignorances (l. 190).
c. Quel est l'intérêt pour le lecteur de disposer de ces précisions ?

La description des terres inconnues

2 **a.** Dans quelle île Bougainville séjourne-t-il ? Identifiez les éléments qui composent le paysage (l. 1 à 27).
b. Quelles sont les richesses naturelles de l'île ?
3 Faites la liste des animaux que Bougainville y a rencontrés. Relevez les expressions qui caractérisent chacun d'eux.
4 Quelles informations Bougainville fournit-il concernant le climat ? Le climat est-il bénéfique ?
5 Quelle image d'ensemble se dégage de cette description ?

La description des habitants

6 Par quel terme Bougainville désigne-t-il les habitants de l'île ?
7 Quelles sont les caractéristiques physiques des Tahitiens ? Quelles différences Bougainville note-t-il d'une peuplade à l'autre ? Quelle image donne-t-il plus particulièrement des femmes ?
8 Quelles informations Bougainville fournit-il concernant la nourriture des Tahitiens, leur boisson, leurs parures et vêtements, leur hygiène ?
9 Comment les Tahitiens fabriquent-ils leurs étoffes ?
10 Explications et hypothèses

L'auteur du récit de voyage fournit aussi des explications ou émet des hypothèses sur les coutumes qu'il découvre.

Comment Bougainville explique-t-il le fait que les Tahitiens se peignent le corps (l. 149 à 165) ? Quelle hypothèse émet-il concernant l'application de cette peinture sur leur corps ?

Le lieu paradisiaque

L'auteur du récit de voyage présente souvent une vision idéalisée, voire paradisiaque, des pays et des peuples qu'il découvre.

11 **a.** Qu'appelle-t-on le jardin d'Éden ? Relevez dans les deux premiers paragraphes le champ lexical de la beauté et du bonheur.
b. Relevez dans l'ensemble de l'extrait les éléments qui font de Tahiti un lieu paradisiaque.

Lire

Diderot, *Supplément au Voyage de Bougainville*

Bougainville revient à Saint-Malo le 16 mars 1769. De son voyage, il avait ramené un Tahitien qu'il fit connaître à tout Paris : tous les personnages importants avaient tenu à rencontrer « le sauvage » et à l'interroger sur son pays.

En 1772, le philosophe Diderot publie le Supplément au Voyage de Bougainville, *ouvrage dans lequel il aborde le problème du colonialisme (voir aussi « Se documenter », p. 119).*

Il imagine d'abord un dialogue entre deux personnages, A et B : B est en train de lire le Voyage autour du monde de Bougainville. *A, qui n'a pas lu cet ouvrage, interroge B et lui demande quelles ont été les grandes étapes du voyage de Bougainville.*

A. Que pensez-vous de son *Voyage* ?
B. Autant que j'en puis juger sur une lecture assez superficielle, j'en rapporterais l'avantage à trois points principaux. Une meilleure connaissance de notre vieux domicile[1] et de ses habitants ; plus de sûreté sur des mers qu'il a parcourues la sonde[2] à la main ; et plus de correction dans nos cartes géographiques. Bougainville est parti avec les lumières nécessaires et les qualités

1. De notre vieux monde.
2. Instrument (plomb attaché à une corde graduée) servant à mesurer la profondeur des mers. La profondeur se compte en brasses (une brasse = 1,60 mètre). Aujourd'hui, le plomb de sonde est remplacé par l'écho-sondeur.

propres à ses vues : de la philosophie, du courage, de la véracité, un coup d'œil prompt qui saisit les choses et abrège le temps des observations ; de la circonspection, de la patience, le désir de voir, de s'éclairer et d'instruire, la science du calcul, des mécaniques, de la géométrie, de l'astronomie, et une teinture suffisante d'histoire naturelle.

A. Et son style ?

B. Sans apprêt, le ton de la chose ; de la simplicité et de la clarté, surtout quand on possède la langue des marins.

A. Sa course a été longue ?

B. Je l'ai tracée sur ce globe. Voyez-vous cette ligne de points rouges ?

A. Qui part de Nantes ?

B. Et court jusqu'au détroit de Magellan, entre dans la mer Pacifique, serpente entre ces îles qui forment l'archipel immense qui s'étend des Philippines à la Nouvelle Hollande, rase Madagascar, le cap de Bonne-Espérance, se prolonge dans l'Atlantique, suit les côtes d'Afrique, et rejoint l'une de ses extrémités à celle d'où le navigateur s'est embarqué.

12 **a.** Selon B, le voyage de Bougainville a permis des avancées sur trois points. Lesquels ?

b. Quelles sont les qualités qui font de lui un voyageur expert (première réplique de B) ?

c. Comment qualifie-t-il le style de son ouvrage ?

13 Quel itinéraire a-il suivi ? Retrouvez-le sur la carte p. 94.

Extrait 3

Les voyages de Bougainville (3)

« Le scorbut commençait à reparaître »

Bougainville a quitté Tahiti. Il est sur le chemin de retour et se dirige vers les îles Moluques (voir la carte, p. 94).

Les mauvais temps, qui avaient commencé dès le 6 de ce mois, continuèrent presque sans interruption jusqu'au 20 ; et pendant tout ce temps nous fûmes persécutés par les calmes, la pluie et les vents d'ouest. En général, dans cet océan nommé *Pacifique*[31], l'approche des terres procure des orages, plus fréquents encore dans les décours[32] de la lune. Les temps à grains, avec de gros nuages fixes à l'horizon, sont un indice presque sûr de quelques îles et un avis de s'en méfier. On ne se figure pas avec quels soins et quelles inquiétudes on navigue dans ces mers inconnues, menacés de toutes parts de la rencontre inopinée de terres et d'écueils, inquiétudes plus vives encore dans les longues nuits de la zone torride. Il nous fallait cheminer à tâtons, changeant de route, lorsque l'horizon était trop noir devant nous. La disette[33] d'eau, le défaut de vivres, la nécessité de profiter du vent, quand il daignait souffler, ne nous permettaient pas de suivre les lenteurs d'une navigation prudente et de passer en panne[34] ou sur les bords le temps des ténèbres.

Cependant le scorbut[35] commençait à reparaître. Une grande partie des équipages et presque tous les officiers en avaient les

31. C'est Magellan premier Européen à y avoir navigué, qui baptise cet océan « Pacifique » à cause du temps calme qu'il rencontre pendant sa traversée de la Terre de Feu jusqu'aux Philippines.

32. Périodes de décroissement.

33. Manque.

34. À l'arrêt (voiles baissées).

35. Voir « Se documenter », p. 111.

gencives atteintes et la bouche échauffée. Il ne restait plus de rafraîchissements que pour les malades, et l'on s'accoutume difficilement à ne vivre que de mauvaises salaisons et de légumes desséchés[36].

Louis-Antoine de Bougainville,
Voyage autour du monde.
Extrait de la seconde partie, chapitre IV.

Vue de l'île de Bora Bora **dans l'actuelle Polynésie française, gravure (XVIIIe siècle).**

36. Les provisions se trouvaient dans la coque des navires, remplis d'insectes et exhalant une odeur nauséabonde. Les marins emportaient de la viande séchée et salée, des sardines et des anchois salés, des légumes secs (pois chiches…), du riz, de l'eau (qui croupissait), du vin, de l'huile, de l'ail et des oignons, des galettés et des biscuits, du miel. Ils embarquaient aussi des animaux vivants.

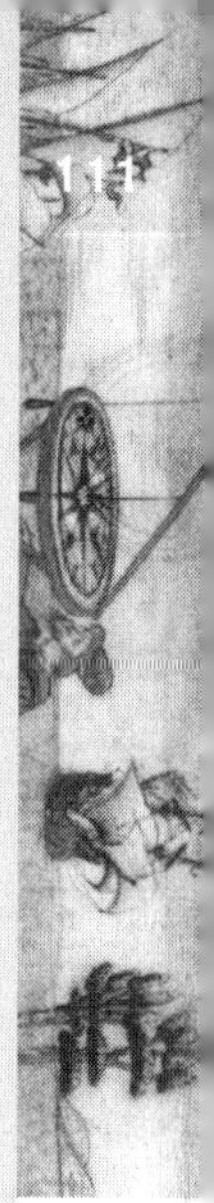

Repérer et analyser

Les conditions de navigation et les maladies

1 Dans quelle partie du monde Bougainville se trouve-t-il ? Sur quel océan vogue-t-il ?

2 **a.** Relevez le champ lexical du mauvais temps et montrez, en citant le texte, que les conditions climatiques passent d'un extrême à l'autre. Quelles en sont les conséquences sur la navigation ?
b. En général, sur le Pacifique, quels sont les indices météorologiques qui signalent l'approche d'une terre ?

3 Quels sont les autres dangers que rencontrent les marins ?

4 **a.** Comment les signes du scorbut se manifestent-ils ? La maladie touche-t-elle de nombreux membres de l'équipage ?
b. Quels sont les problèmes de nourriture et de boisson que connaissent les marins ? De quoi se nourrissent-ils ? En quoi la nourriture est-elle en cause dans le développement de la maladie ?

Se documenter

Le scorbut

Le scorbut est une maladie liée à une déficience alimentaire en vitamine C (qui se trouve dans les légumes et fruits frais). Cette maladie était très répandue chez les marins du XVe au XVIIIe siècle. Elle se manifeste par un gonflement et un saignement des gencives puis attaque le visage ; des ulcères et des hémorragies s'ensuivent, les articulations se bloquent ; enfin survient la mort qui peut être subite. C'est James Cook au XVIIIe siècle (voir p. 112) qui contribuera à faire reculer la maladie. Il a entendu dire que l'on peut revigorer les mourants avec du cresson ou des légumes à feuilles vertes. Sans connaître précisément la cause de la maladie, il propose à ses hommes différents aliments comme les oranges, le citron, la choucroute, les oignons. Dès qu'il le peut, il fait ramasser des herbes sauvages riches en vitamines. Il oblige aussi ses hommes à se laver les mains régulièrement. Les résultats furent probants : en dix ans de navigation, durant ses trois voyages, pas un de ses marins n'est mort du scorbut.

Extrait 4

Les voyages de Cook (1)

L'explorateur anglais James Cook découvrit l'Australie, la Nouvelle-Calédonie et la Nouvelle-Zélande dans le cadre de trois expéditions entre 1768 et 1779. Il mena ces expéditions dans un but scientifique (le prétexte de son premier voyage était l'observation du passage de la planète Vénus devant le soleil, prévu le 3 juin 1769 à Tahiti) en même temps que politique : il espérait découvrir un grand continent austral dans le Pacifique (l'Australie). Il écrivit son journal qu'il intitula Relations de voyages autour du monde.

Cook part de Plymouth le 26 août 1768 avec une centaine d'hommes à bord. Parmi eux se trouvent des scientifiques et des dessinateurs.

Après avoir exploré, durant six mois, les 3 800 km de la côte de la Nouvelle-Zélande, Cook découvre en 1770 la côte est de la Nouvelle-Hollande, qui sera, par la suite, renommée « Nouvelle-Galles du Sud, Australie ».

Cook poursuit ses explorations dans les îles du Pacifique. Autour de Tahiti, il découvre les îles de la Société, les îles Tonga, les îles Sandwich (Hawaii). Très pacifique, il témoigne d'un grand respect pour les Indigènes. Il mourra sous les coups de poignard donné par un indigène à Hawaii : alors que, excédé par les vols de matériaux en fer (clous…) et par celui d'une chaloupe, il était descendu à terre avec quelques hommes armés pour récupérer cette dernière…

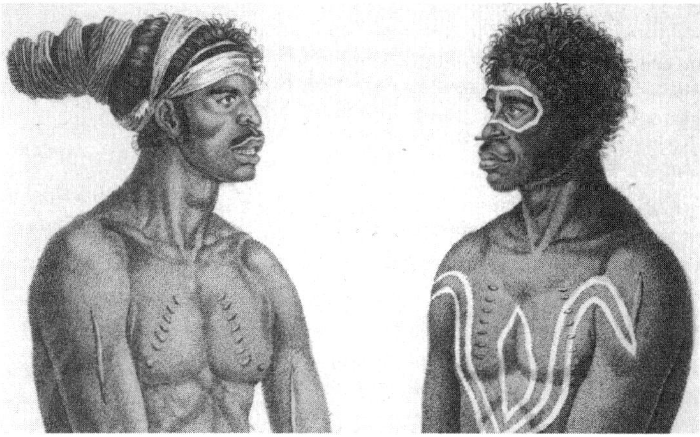

Habitants de la Nouvelle Hollande, gravure sur cuivre (1813), Berlin, Coll. Archiv f. Kunst & Geschichte.

« Hommes et femmes vivent complètement nus »

La Nouvelle-Galles du Sud (en anglais New South Wales, en abrégé NSW) est, historiquement, le premier État d'Australie. Créée en 1788, elle couvrait à l'origine la plus grande partie du continent australien.

Près de la mer, et même aussi loin dans les terres que nous ayons pénétré, le sol des plaines est le plus souvent friable, mou et sablonneux. Mais toutes ces plaines sont couvertes de buissons et de plantes. Les terres élevées sont entrecoupées de prairies, quelques-unes des collines sont entièrement couvertes d'arbres en fleurs ; sur d'autres, ils sont espacés, et les quelques-uns qui y croissent sont petits, et à la place de prairies ou de savanes il y a des terrains rocheux et dénudés, en particulier au nord, où la végétation est loin d'égaler celle que produisent les régions méridionales, les arbres dans les bois sont moitié moins hauts et moins gros. Les bois ne produisent pas une grande variété d'arbres, il y en a seulement deux ou trois sortes que l'on puisse considérer comme bois de construction. Le plus grand est le gommier (ou eucalyptus) qui croît partout dans ce pays. Le bois de cet arbre est trop dur et trop lourd pour la plupart des usages courants. [...] On trouve aussi plusieurs sortes de palmiers, de manguiers, et d'autres espèces de petits arbres ou d'arbustes qui me sont inconnus ; et de plus un grand nombre de plantes qui l'étaient aussi jusqu'ici, mais leur description n'est pas de mon domaine [...]. La terre ne fournit presque aucun produit naturel mangeable, et les naturels[37] ignorent toute culture. Il y a pourtant quelques espèces de fruits sauvages dans les bois, la plupart inconnus de nous, qui ne sont pas mauvais au goût quand ils sont mûrs ; en particulier une espèce que nous appelions pomme parce qu'il est à peu près de la grosseur d'une pomme sauvage : il est noir et charnu quand il est mûr, et son goût ressemble à celui des prunes de Damas ; son noyau est gros et dur, et il est porté par de petits arbres ou arbustes.

Les naturels de ce pays sont de taille moyenne, leur corps est droit et leurs membres minces. Leur peau est de la couleur de la suie de bois ; leurs cheveux sont le plus souvent noirs, et ils les portent toujours coupés courts. Les hommes ont la barbe noire et en général se la coupent, ou la raccourcissent en la brûlant. Ils ont des traits agréables et leur voix est douce et harmonieuse. Hommes et femmes vivent complètement nus, sans jamais le moindre vêtement d'aucune sorte. [...] Comme ornements ils portent des colliers de coquillages, des cercles qui servent de bracelets autour du bras, et qu'ils font avec des cheveux entrelacés et travaillés comme un anneau de corde ; ces bracelets sont placés au haut du bras et le serrent étroitement ; on fait aussi des ceintures de même sorte. Les hommes portent, passé à travers la paroi du nez, un os long de trois ou

37. Indigènes.

quatre pouces[38] et épais d'un doigt. Ils ont aussi les oreilles percées pour y mettre des pendants d'oreilles, mais nous n'en avons pas vu sur eux. Les autres ornements ne sont d'ailleurs pas non plus d'usage courant, les uns en portent, les autres non. Quelques-uns de ceux que nous vîmes sur l'île de la Possession portaient des plaques de poitrine, que nous supposâmes êtres faites de coquilles de nacre. Beaucoup d'entre eux se peignent le corps avec une espèce de pâte de couleur blanche, qu'ils appliquent de diverses manières, chacun suivant sa fantaisie.

Leurs armes de combat sont des piques[39] et des javelines[40] ; il y en a dont l'extrémité est effilée, d'autres sont barbelées[41] avec du bois, des dents de requins ou des arêtes de gros poissons. Celles-ci sont enduites d'une gomme qui les fait pénétrer plus profondément. Ils lancent les javelines d'une seule main, et se servent pour cela d'un morceau de bois long d'environ trois pieds[42], que l'on a aminci jusqu'à être comme la lame d'un coutelas[43], et muni d'un petit crochet à l'un de ses bouts, où l'on passe l'extrémité de la javeline, tandis qu'à l'autre bout est fixé un morceau d'os long de trois ou quatre pouces : je pense que celui-ci sert à maintenir le trait[44] et à assurer sa direction au moment où il quitte la main. [...] Comme armes défensives, ils ont des boucliers en bois, mais nous ne les vîmes jamais s'en servir, sauf une fois, dans la baie de la Botanique.

On ne peut pas regarder ces naturels comme un peuple guerrier, je les considère au contraire comme une race inoffensive et craintive, nullement portée à la cruauté [...]. Ils vivent par petits groupes le long de la côte, ou sur les rives des lacs, des rivières, des criques, etc. Ils ne semblent pas avoir d'habitations fixes,

38. Un pouce vaut 2,54 cm (trois ou quatre pouces = entre 7,62 et 10,16 cm).
39. Sortes de lance.
40. Sortes de javelot.
41. Garnies de pointes.
42. Unité de mesure anglo-saxonne valant 0,3048 mètre (3 pieds = 91 cm).
43. Grand couteau.
44. La javeline.

mais se transportent d'endroit en endroit, comme des bêtes sauvages à la recherche de nourriture, et ne s'assurent leur subsistance qu'au jour le jour, suivant ce qu'ils rencontrent. Ils ont des harpons de bois, à deux, trois ou quatre fourchons, très ingénieusement faits, avec lesquels ils piquent le poisson. Nous les avons aussi vus toucher des poissons et des oiseaux avec leurs javelines, dont ils se servent aussi bien pour tuer d'autres animaux. Ils ont aussi des harpons pour piquer des tortues, mais je ne crois pas qu'ils en prennent beaucoup, excepté à la saison où elles viennent à terre pour pondre. Bref ces peuples vivent principalement de chasse et de pêche, mais surtout de cette dernière. Sur toute la surface de leur pays, nous n'avons vu nulle part un pouce de terre cultivée. [...] Nous ne leur avons jamais vu manger quoi que ce soit de cru, ils font rôtir ou griller tout ce qu'ils mangent sur de petits feux lents. Leurs maisons sont de misérables petits abris guère plus grands qu'un four, faits de branches, d'écorce, d'herbe, etc. ; encore ne s'en servent-ils que pendant la saison humide, car pendant la journée c'est en plein air qu'on les voit le plus souvent dormir. [...]

On ne peut rien imaginer de plus misérable que leurs embarcations, en particulier dans la partie méridionale du pays, où toutes celles que nous vîmes se composaient d'un seul morceau d'écorce, de douze à quatorze pieds[45] de long, serré et attaché à l'un de ses bouts. Comme je l'ai déjà dit, ces pirogues ne peuvent porter plus de deux personnes, et il n'y en a généralement qu'une dans chacune. Mais telles qu'elles sont elles conviennent très bien pour l'emploi qu'ils en font [...]. Les naturels surveillent les hauts et les bas-fonds, de-ci de-là, tous les jours à marée basse, pour ramasser des coquillages, ou toute autre chose à manger ; ils ont chacun un petit sac pour y mettre

45. De 3,65 m à 4,27 m.

ce qu'ils trouvent, ce sac est en filet. Ils n'ont absolument aucune connaissance du fer, ni d'aucun autre des métaux dont nous nous servons ; il est probable que leurs outils sont en os, en pierre ou en coquilles. Ces dernières, à en juger d'après une herminette[46] que je vis, fournissent de très mauvais outils.

[...] Il faut se rappeler que nous voyons ce pays à l'état de nature ; aucune de ses parties n'a jamais été touchée par l'industrie des hommes. [...]

Ce que j'ai dit des naturels de la Nouvelle-Hollande pourrait faire croire que ce peuple est le plus misérable qui existe ; mais en réalité ils sont beaucoup plus heureux que nous Européens, étant totalement ignorants non seulement du superflu, mais aussi des commodités nécessaires tellement recherchées en Europe. Il est heureux pour eux de ne pas en connaître l'usage. Ils vivent dans une tranquillité que ne trouble pas l'inégalité des conditions. De leur propre aveu, la terre et la mer leur fournissent toutes les choses nécessaires à la vie. Ils ne convoitent pas des maisons magnifiques pourvues de nombreux serviteurs. Ils vivent dans un climat beau et chaud, et profitent de tous les bienfaisants souffles qui agitent l'air, de sorte qu'ils n'éprouvent pas le besoin d'avoir des vêtements : quand nous leur en donnâmes, ils les abandonnèrent négligemment dans les bois ou sur les plages, comme s'ils ne savaient absolument pas qu'en faire : en bref, ils ne semblèrent attacher de prix à rien de ce que nous leur donnions, et ne voulurent se séparer de rien de ce qu'ils possédaient en échange de n'importe lequel des objets que nous pouvions leur offrir, ce qui prouve à mon avis qu'ils se considèrent comme pourvus de tout ce qui est nécessaire pour vivre, et qu'ils n'ont aucun superflu.

James Cook, *Relations de voyages autour du monde*,
traduit de l'anglais par Gabrielle Rives, © Éditions Julliard.
Extraits du récit du « Premier voyage », chapitre III.

46. Sorte de hachette.

Questions

Repérer et analyser

Le récit de voyage : un témoignage

1 **a.** Relevez les pronoms qui montrent que James Cook s'est engagé personnellement dans l'aventure du voyage.
b. Dans quelle partie du monde se trouve-t-il ? Quelle est l'année du voyage ?

Les informations fournies

2 Quels sont les éléments qui composent le paysage ? Quelle est la nature des sols ?
3 Quelle est la nature de la végétation que l'on trouve dans cet endroit ?
4 **a.** Relevez le terme par lesquels Cook désigne les indigènes (l. 30). Quel autre terme avait utilisé Bougainville pour les nommer (p. 100, l. 38) ?
b. Quels sont les traits physiques des habitants ? Comment sont-ils vêtus ? Quels sont leurs parures et ornements ?
5 **a.** Quelles informations Cook fournit-il sur leurs armes ? Les descriptions sont-elles précises ?
b. S'agit-il d'un peuple pacifique ou d'un peuple guerrier ?

Le traitement de l'inconnu

6 Relisez les lignes 21 à 29.
a. Selon quel critère Cook et ses compagnons choisissent-ils une désignation pour nommer ce qu'ils ne connaissent pas ?
b. Montrez que pour décrire le fruit qu'il appelle « pomme », il a recours à des rapprochements approximatifs avec des éléments connus de ses lecteurs.
7 Par quelle expression hyperbolique (fondée sur l'exagération) Cook tente-t-il de montrer aux lecteurs la pauvreté des embarcations (l. 94 : « On ne peut rien imaginer de plus misérable ») ?

8 Montrez en citant le texte que Cook et ses compagnons, face à l'inconnu, se livrent à des suppositions (concernant les plaques que les naturels portent sur leur poitrine, l. 50, et concernant le maniement des armes, l. 58-65 : « lancent les javelines… la main »).

Les réflexions du voyageur

9 **a.** Relisez le dernier paragraphe (l. 112 à 132). Quelles réflexions inspirent à Cook ces hommes et la vie qu'ils mènent, quand il les compare aux Européens ? De qui et de quoi fait-il l'éloge ?
b. Selon Cook, l'effet du climat et les conditions naturelles favorisent-ils le bonheur ?

Se documenter

Le mythe du « bon sauvage » au XVIIIe siècle

Le goût pour les voyages, la diffusion de nombreux récits de périples lointains contribuent à répandre une image très idéalisée du « sauvage » vivant dans un milieu naturel non détérioré par la civilisation. Bougainville, Cook montrent les indigènes comme des exemples de pureté et d'innocence. Cette image de bonheur a conduit les philosophes du XVIIIe siècle à une réflexion sur les méfaits du colonialisme et de la civilisation. Dans le *Supplément au Voyage de Bougainville* (voir aussi p. 107), Diderot donne la parole à un vieux Tahitien, imaginant une inversion des rôles. En voici un extrait.

« Puis s'adressant à Bougainville, il ajouta :
« Et toi, chef des brigands qui t'obéissent, écarte promptement ton vaisseau de notre rive. Nous sommes innocents, nous sommes heureux, et tu ne peux que nuire à notre bonheur. Nous suivons le pur instinct de la nature, et tu as tenté d'effacer de nos âmes son caractère. Ici tout est à tous, et tu nous as prêché je ne sais quelle distinction du tien et du mien […] Orou[1], toi qui entends

1. Nom du jeune Tahitien ramené par Bougainville.

la langue de ces hommes-là, dis-nous à tous, comme tu me l'as dit à moi-même, ce qu'ils ont écrit sur cette lame de métal : Ce pays est à nous. Ce pays est à toi ! et pourquoi ? Parce que tu y as mis le pied ! Si un Tahitien débarquait un jour sur vos côtes et qu'il gravât sur une de vos pierres ou sur l'écorce d'un de vos arbres : Ce pays est aux habitants de Tahiti, qu'en penserais-tu ? [...] Tu es venu, nous sommes-nous jetés sur ta personne ? Avons-nous pillé ton vaisseau ? T'avons-nous saisi et exposé aux flèches de nos ennemis ? T'avons-nous associé dans nos champs au travail de nos animaux ? Nous avons respecté notre image en toi. Laisse-nous nos mœurs, elles sont plus sages et plus honnêtes que les tiennes. »

Ces différences entre l'homme sauvage et l'homme civilisé ont été à l'origine d'une réflexion sur les comportements humains et sur les différences : la différence est considérée comme une richesse ; ce que l'on peut apprendre au contact des autres doit conduire à la modestie et à la tolérance.
Le mythe du « bon sauvage » incarne finalement certaines aspirations d'un siècle partagé entre les progrès de la civilisation et le charme de la nature associé au mythe du paradis perdu.

Extrait 5

Les voyages de Cook (2)

« Les gigantesques statues »

L'île de Pâques se situe dans l'océan Pacifique à 3 700 kilomètres du Chili. Elle a été découverte le soir du dimanche de Pâques, le 5 avril 1722, par l'amiral hollandais Jacob Roggeveen qui lui donne le nom d'île de Pâques. Durant près d'un demi-siècle, l'île est oubliée jusqu'à ce que l'Espagne envoie reconnaître les terres proches de ses colonies d'Amérique. Le 15 décembre 1770, les Espagnols prennent possession de l'île.

Le capitaine Cook fait escale à l'île de Pâques le 14 mars 1774. Ses descriptions ont contribué à la renommée de l'île.

Les gigantesques statues si souvent mentionnées ne sont pas des idoles[47], rien n'indique qu'elles en soient dans la façon dont elles sont considérées de nos jours par les habitants [...].

Ces statues sont en général tout au bord des falaises et font face à la mer, de telle sorte que de ce côté elles peuvent avoir dix à douze pieds[48] de haut, ou plus, et de l'autre n'en avoir que trois ou quatre[49]. En façade, elles sont construites avec de très grandes pierres de taille. Et le travail n'est pas inférieur à celui des meilleurs ouvrages de maçonnerie simple que nous avons en Angleterre. On n'y emploie aucune sorte de ciment, et pourtant les joints sont extrêmement serrés et les pierres sont mortaisées[50] et insérées les unes dans les autres avec

47. Représentations d'une divinité.
48. Unité de mesure anglo-saxonne valant 0,3048 mètre (10 à 12 pieds = 3,05 à 3,66 m).
49. 0,91 ou 1,22 m.
50. Entaillées.

beaucoup de savoir-faire. Les murs des côtés ne sont pas perpendiculaires, mais un peu inclinés en dedans, de la même façon qu'on construit les parapets en Europe. Et pourtant tant de soin, de peine et de sagacité n'ont pas eu le pouvoir de préserver ces curieux monuments des ravages du temps, qui dévore tout.

La plupart des statues sont érigées sur des plates-formes qui leur servent de base. Elles sont, autant qu'on en peut juger, taillées jusqu'à mi-corps, et se terminent en une sorte de tronc qui touche le fond sur lequel elles reposent. Le travail en est grossier, mais pas mauvais, et les traits du visage ne sont pas mal indiqués, en particulier le nez et le menton, mais les oreilles sont d'une longueur démesurée, et quant au corps on peut à peine dire qu'il ait une forme humaine.

Je n'ai eu l'occasion d'examiner que deux ou trois de ces statues, qui sont près du débarcadère ; elles étaient en pierre grise, qui paraissait être de la même sorte que celle des plates-formes. Mais quelques-uns de nos messieurs, qui parcoururent l'île et en examinèrent beaucoup, étaient d'avis que la pierre dont elles étaient faites était différente d'aucune autre qu'ils eussent vue dans l'île, et avait bien l'air d'être factice[51]. Nous avions de la peine à concevoir comment ces insulaires[52] totalement dépourvus de moyens mécaniques avaient pu élever ces étonnantes sculptures, et placer ensuite sur leurs têtes les grandes pierres cylindriques dont j'ai déjà parlé. Le seul procédé que je puisse imaginer serait d'élever une extrémité peu à peu en la soutenant avec des pierres à mesure qu'elle monterait, et en bâtissant dessus jusqu'à ce qu'elle soit dressée. On aurait construit ainsi une sorte de monticule ou d'échafaudage et alors on pourrait retirer les pierres. Mais, si les pierres sont factices, les statues peuvent avoir été assemblées sur place dans leur position présente, et le cylindre posé dessus

51. Fausse.

52. Personnes qui habitent une île.

L'Île de Pâques, gravure extraite de « Voyage à l'Île de Pâques » par Alphonse Pinart (1877).

en construisant un monticule qui en fasse le tour comme je l'expose ci-dessus. Mais, soit par ce moyen, soit par tout autre procédé, cela a dû être une œuvre de très longue haleine et montre suffisamment le degré d'industrie et la persévérance des insulaires à l'époque où ces statues furent érigées. Car ceux qui habitent l'île de nos jours n'y ont certainement eu aucune part, puisqu'ils ne réparent même pas les fondations de celles qui se détériorent. Ils les appellent de différents noms, tels que Gotomoaro, Marapatï Kanaro, Gohouaï-tougou, Matta-Matta, etc., précédés quelquefois du mot Moï, ou suivis du mot Driki. Si nous avons bien compris, ce dernier signifie « chef », et le premier « lieu de sépulture » ou « de sommeil ».

James Cook, *Relations de voyages autour du monde,*
traduit de l'anglais par Gabrielle Rives, © Éditions Julliard.
Extraits du récit du « Deuxième voyage », chapitre II.

Questions

Repérer et analyser

La description des statues

1 Dans quel océan se situe l'île de Pâques ?

2 Relevez l'adjectif qui caractérise les statues dans la première phrase.

3 Quelle est la situation des statues dans l'île ? Quelle est leur position par rapport à la mer ? Sur quel type de socle sont-elles érigées ? Quelles informations Cook fournit-il concernant le matériau utilisé, la façon dont les pierres sont jointes ?

4 Quel est l'aspect de ces statues (corps, visage) ? Appuyez-vous sur le texte.

5 Quels sont les noms de ces statues ? De quel mot indigène leur nom est-il précédé ou suivi ? Que signifient ces mots ? Montrez que Cook fait preuve d'honnêteté intellectuelle par rapport à ce qu'il avance.

Les réflexions du narrateur

6 Relevez la phrase qui montre que Cook a approché personnellement ces statues.

7 Quelles différentes questions se pose-t-on par rapport à ces statues ? Quelle hypothèse le narrateur émet-il, pour sa part, à propos de leur construction ? Quelle réflexion se fait-il concernant le degré de perfection de ces statues ?

8 Quelles sont les réactions des insulaires par rapport à ces statues ? Les considèrent-ils comme des divinités ?

Étudier une image (voir p. 123)

9 **a.** Décrivez les statues. Votre description correspond-elle à celle qu'en a faite Cook ? Quels sont les éléments que vous avez rajoutés ?
b. Quel effet ces statues produisent-elles ?

Enquêter

10 Faites une recherche sur l'île de Pâques et ses mystérieuses statues.

Questions de synthèse

Marco Polo et *Le Livre des Merveilles*

1 **a.** Dans quelle ville Marco Polo est-il né ?
b. Dans quelle partie du monde a-t-il voyagé ?
c. Dans quel pays a-t-il longuement séjourné ?
2 Qu'appelle-t-on la route de la soie ?
3 **a.** Dans quel lieu, en quelles circonstances et à quelle époque Marco Polo a-t-il écrit *Le Livre des Merveilles* ?
b. Qui a écrit le livre en français ?
4 *Le Livre des Merveilles* s'appelle aussi *Le Devisement du Monde*. Que signifie le verbe « deviser » ?
5 **a.** Qui est le Grand Can ?
b. Quelle description Marco Polo fait-il de son palais ?
6 **a.** Quels sont les animaux, plantes et pierres précieuses dont Marco Polo fait la description dans son livre ?
b. Citez quelques inventions ou techniques découvertes au cours du voyage.
c. Citez quelques lieux ou coutumes qui l'ont frappé.
d. Quelles sont les descriptions qui relèvent de l'imaginaire ?

Christophe Colomb

7 **a.** De quel port Christophe Colomb est-il parti ?
b. Où comptait-il se rendre ?
c. Quel itinéraire a-t-il suivi ?
d. Pour quelle raison a-t-il choisi cet itinéraire ?
8 **a.** Quels étaient les noms de ses trois caravelles ?
b. Quelles étaient les conditions de vie à bord ?
c. Pour quelle raison les marins se sont-ils rebellés au cours du voyage ?
9 **a.** Quel nom Christophe Colomb a-t-il donné à la première terre qu'il a découverte ?
b. Dans quelle partie du monde cette terre se situe-t-elle ?
c. Comment s'est passée la rencontre avec les indigènes ?

Les conquistadors

10 **a.** Quelles étaient les motivations des conquistadors ?
b. Qui a découvert le Mexique ? Qui a découvert le Pérou ?
c. Quels sont les noms des capitales de ces deux pays ? Quels sont les noms de leur empereur ?
d. Par quoi les conquistadors ont-ils été frappés ?

Le voyage au Brésil

11 **a.** Pour quelle raison Léry est-il allé au Brésil ?
b. Quels sont les animaux et les végétaux qu'il y a découverts ?

Les expéditions scientifiques

12 **a.** Qui étaient Humboldt et Bonpland ?
b. Dans quels pays sont-ils allés ? Dans quel but ?
c. Quelle est leur méthode de travail ?
d. Quel type de poisson ont-ils décrit ?

Les explorateurs du Pacifique et de l'Océanie

13 Quelle image Bougainville donne-t-il de Tahiti et des Tahitiens ?
14 **a.** Qu'est-ce que le scorbut ?
b. Comment Cook a-t-il lutté contre cette maladie ?
15 **a.** Dans quel océan l'île de Pâques est-elle située ?
b. Qu'est-ce qui fait la renommée de cette île ?
c. Quel navigateur l'a décrite ?

Le lexique

16 Le lexique des marins

a. À quel point cardinal (nord, sud, est, ouest) et à quelle direction correspond chacun des mots suivants : austral, boréal, occidental, oriental, vers la Grande Ourse, vers le Levant, vers le Ponant, vers le Midi ?

b. Donnez le sens des termes suivants appartenant au registre de la navigation marine :

- proue, poupe, bâbord, tribord, à pleines voiles, au vent, sous le vent, hunier, perroquet, mât de misaine ;
- appareiller, accoster, virer de bord, arborer un pavillon, armer un bâtiment, border une voile, louvoyer, carguer les voiles, mettre en panne.

17 Le lexique d'origine étrangère

Cherchez dans le dictionnaire l'origine des mots suivants : poncho, chocolat, ananas, avocat (le fruit), maïs, tomate, papaye, ara, patate, Amérique, Pacifique, Brésil.

Écrire

18 Vous êtes un explorateur (ayant existé ou non, du passé ou du présent), parti à la découverte d'espaces encore inconnus ou vierges : Amérique, Chine, Antarctique ou Arctique (les pôles), Amazonie, mers australes, lune, planète Mars...

Vous faites le récit de quelques-unes de vos découvertes sous la forme que vous choisirez (journal de bord, lettre). Vous ferez des descriptions, noterez vos impressions. Vous pouvez ajouter des croquis et des dessins.

Vous pourrez présenter votre texte sur le support de votre choix (papier parcheminé, page de carnet vieilli, écriture à la plume, page de courrier électronique...).

Index des rubriques

Table des illustrations

9	ph © The Art Archive/Doges'Palace Venise/Dagli Orti
12	Coll. CL/Kharbine-Tapabor
17	ph © Paris, BNF/Archives Hatier
24	ph © Akg-images
32, 35, 45	ph © Paris, BNF/Archives Hatier
47	ph © Akg-images
49	ph © Paris, BNF/Archives Hatier
56	ph © Roger-Viollet
72	ph © The Art Archive/Biblioteca Nacional Madrid/Dagli Orti
81	ph © Selva/Leemage
85	ph © Akg-images
93	ph © Heritage Images/Leemage
97, 110	ph © Leemage
113	ph © Akg-images
123	Coll. Kharbine-Tapabor

et 13, 19, 20, 23, 27, 33, 37, 42, 46, 60, 61, 62, 63, 64, 65, 66, 76, 77, 78, 79, 86, 92, 98, 106, 107, 108, 111, 118, 119, 120, 124 (détail) ph © Archives Hatier

Iconographie : Hatier Illustration/Christine Charier
Graphisme : Mecano-Laurent Batard
Mise en page : Studio Bosson
Relecture : Luce Camus
Dépôt légal : 92725-6/11 - Septembre 2018
Achevé d'imprimer par Black Print CPI Ibérica S.L.U.- Espa